로크미디어가
유혹하는
재미있는 세상

ROK
MEDIA
로크미디어

만렙닥터
리턴즈

만렙 닥터 리턴즈 6

2022년 5월 6일 초판 1쇄 인쇄
2022년 5월 11일 초판 1쇄 발행

지은이 13월생
발행인 김정수 강준규

기획 이기헌 왕소현 박경무 강민구
책임편집 주현진
마케팅지원 이원선

발행처 (주)로크미디어
출판등록 2003년 3월 24일
주소 서울시 마포구 성암로 330 DMC첨단산업센터 318호
Tel (02)3273-5135 **편집** (070)7860-2726 **Fax** (02)3273-5134
홈페이지 rokmedia.com **E-mail** rokmedia@empas.com

ⓒ 13월생, 2022

값 8,000원

ISBN 979-11-354-7406-4 (6권)
ISBN 979-11-354-7400-2 04810 (세트)

만렙닥터

13월생 현대 판타지 장편소설 ⬥6⬦

리턴즈

Contents

조선의 기생이셨던 할머니

최종적으로 폐 조직 검사를 시행했고, 김귀남의 병명은 폐 선암이 아닌 폐디스토마 감염으로 최종 확진되었다.

"교수님, 감사합니다!"

"아뇨, 제가 한 건 아무것도 없습니다. 그저 구충제 몇 알 처방한 것뿐입니다."

"죄송합니다. 제가 경솔한 판단을 내린 것 같습니다."

김귀남의 아버지 김부식이 정중히 사과했다.

주치의를 고함 교수에서 한상훈으로 바꾼 것을 말하는 모양이었다.

"아닙니다. 제가 회장님이었어도 같은 선택을 했을 겁니다. 일이야 어찌 됐건, 폐 분야에선 한상훈 교수가 최고니까요."

귀남에게 했던 말과 똑같은 말이었다.

"가마솥이 검다고 밥이 검겠습니까? 가마솥에 한 밥이 세상 달고 맛있다는 걸, 왜 몰랐을까요? 제가 요즘 뼈저리게 느끼는 격언이군요."

"그럼 제가 가마솥입니까?"

"아아! 그런 뜻이 아니고요."

"하하하, 농담입니다. 그나저나 이번 일은 김윤찬 선생이 다 한 겁니다. 김윤찬 선생 아니었다면, 저 역시 한상훈 교수와 같은 선택을 했을 거예요."

"암요! 우리 귀남이가 친구 복 하나는 타고난 듯합니다. 제가 가만있을 수가 있겠습니까? 우리 아들을 구해 준 은인인데, 필요한 건 뭐든 해 주고 싶군요."

"……회장님, 주제넘게 제가 조언 한마디 해도 되겠습니까?"

"물론입니다. 얼마든지요."

"김윤찬 선생과 김귀남 선생은 우리나라 의학계의 미래입니다. 그저 서로 의지하며 발전할 수 있도록 지켜봐 주십시오. 그거면 족합니다."

"……네, 알겠습니다, 교수님이 무슨 말씀을 하시는지."

김귀남과는 달리, 김부식 회장은 그 의미를 정확히 짚고 있는 듯했다.

어쨌든, 김귀남이나 그의 부모님들이나 놀란 가슴을 쓸어 내리는 순간이었다.

♥

한상훈 교수 연구실.

"……왜 아무 말도 하지 않은 거지? 김윤찬 선생은 내가 혈청검사를 의뢰하지 않은 걸 알고 있었을 것 아닌가?"

"……."

"게다가, 김귀남 환자가 폐암이 아니라는 것도 알고 있었고."

"……."

"내가 자네라면 이런 어리석은 선택을 하진 않았을 걸세. 조용히 입 다물고 있다가 수술 후에 터트려 조져 버리는 것이 낫지 않았나? 나를 내쫓을 수 있는 좋은 기회였을 텐데 말이야. 나 같았으면 그렇게 했을 텐데."

"교수님이 이 병원을 나가신다 해도 그게 제게 무슨 이득이 있습니까? 어차피 그 자리는 교수님과 같은 또 다른 교수로 채워질 텐데요."

"뭐라?"

"어휴, 그러면 처음부터 또다시 삽질해야 합니다. 그걸 어떻게 합니까? 전, 못 해요."

"이봐, 김윤찬 선생! 뭔가 대단히 착각하고 있나 본데, 내 마음을 돌려 볼 요량이었으면 이렇게 나오면 안 되지. '우정 때문이었다.', '교수님의 의료사고를 막아 보려 그랬다.' 뭐, 이렇게 나와야 내 마음이 조금이라도 흔들릴 것 아닌가?"

"……."

"이런 식으로 목 빳빳하게 세우고 쳐들어오면, 내가 겁이라도 먹을 줄 알았나?"

"교수님이시라면 당연히 그러시겠죠. 그래서 제가 이렇게 선물을 들고 왔잖습니까?"

"이게 뭐지?"

"심심할 때 들어 보십시오. 교수님 목소리가 은근 허스키 보이스던데요? 평소엔 못 느꼈는데."

"뭐라는 거야?"

한상훈 교수가 투덜거리며 내가 건네준 USB를 슬롯에 꽂았다.

"어휴, 원래 선물은 주는 사람 앞에서 풀어 보면 안 되는 건데……."

곧이어 한상훈 교수의 목소리가 스피커를 통해 흘러나왔다.

"이, 이게 뭐야?"

한상훈 교수의 눈동자가 마구 흔들리기 시작했다.

"음질 좋죠? 누가 그러더라고요. 용산전자상가 기술자들이 모이면, 인공위성도 쏘아 올린다고요. 녹음기 품질이 장난 아니죠?"

"……지, 지금 날 협박하는 건가?"

"협박은 죄지은 놈이 자기 죄 감추려고 하는 거고요. 그냥, 관리쯤이라고 해 두죠."

어릴 때, '불주사'라는 걸 맞았다.

알코올램프에 주삿바늘을 살짝 달궈 팔뚝에 꽂아 넣는 무시무시한 불주사다.

한 줄로 늘어선 녀석들이 모가지를 쏙 빼고는 다른 아이들이 주사 맞는 걸 지켜봤다.

곤욕이다.

아니, 공포에 가깝다.

다리가 후들거리고, 손바닥에 땀이 밴다.

하지만 맞고 나면 어떤가?

'별거 아니잖아?'란 말이 절로 나온다.

내가 왜 이걸 그렇게 두려워했나 싶다.

바로 그거다.

두려움!

뭔가 터지기 직전의 두려움이 훨씬 더 고통스럽다.

지옥 불에 뛰어들기가 어렵지, 뛰어들면 별거 아니다.

바로 지금 한상훈은 불주사를 맞기 위해 줄을 서고 있는 학생의 심정일 테니까.

굳이 불주사를 맞혀 줄 필요가 없었다.

"나, 나가! 당장 나가!"

빡, 한상훈 신경질적으로 USB를 잡아 뽑더니 벽을 향해 던져 버렸다.

"아, 그건 복사본이고, 원본은 제가 잘 보관하고 있습니다, 교수님!"

그렇게 김귀남의 사건(?)은 일단락 지을 수 있었다.

그리고 언제나 그랬듯이 아픈 환자는 넘쳐 났고, 우리 병원에도 새로운 환자가 들어왔다.

75세 김간난 할머니.

일가친척 없이 요양원에 계시다가, 정부의 지원을 받아 연희병원에 입원한 환자였다.

몸이 쇠약해져 그렇지 얼핏 봐도 부티 나 보이는 고운 할머니였다.

심장내과에서 트랜스퍼된 환자로, 고혈압에 당뇨, 만성 신장 질환을 앓고 있는 환자였다.

심장내과에서 심정맥 혈전증 및 폐색전증을 진단받고 헤파린 치료를 받던 중, 상태가 호전되지 않아 색전 제거술을 받아야 하는 상황이었다.

주치의는 고함 교수, 담당 레지던트는 이택진이었다.

"할머니, 좀 괜찮으세요?"

"암만, 암시랑도 안 혀."

"다행이네요. 수술받으시면 곧 좋아지실 거예요."

유독 이택진은 김간난 할머니에게 친절했다.

흉부외과 당직실.

"김간난 할머니는 좀 어떠셔?"

"많이 안 좋으시지. 걱정이야. 워낙 체력이 약한 것도 문제인데, 폐렴까지 와서……."

이택진의 얼굴에 근심이 가득했다.

"갑상선도 좋지 않은 것 같던데?"

"맞아, 와파린(항응고제)에 씬지로이드(갑상선 기능 항진제), 포스바인(신장 해독제), 노바스크(항고혈압제) 기타 등등 독한 약이란 약은 다 드시고 계셔."

휴우, 이택진이 땅이 꺼져라 한숨을 내쉬었다.

"굉장히 힘드시겠구나. 아무튼, 지금 금식 중이니까 절대 못 드시게 해야 해."

"그거야 당연하지."

"혹시라도 음식물 때문에 문제라도 생기면 큰일이야."

"걱정 마라. 그건 내가 알아서 할 테니까. 아무튼, 젊은 사람들도 이 정도면 전신 무력감 와서 허구한 날 침대에 누워만 있을 텐데, 그 사람들에 비해서 할머니는 정말 씩씩하셔."

"그러게. 얼핏 보니까 나이에 비해 주름살도 없으시고 고우시던데, 어쩌다 이런 일이······."

"흐흐흐, 간난 할머님이 조선의 마지막 기생이셨대."

"뭐라고, 기생?"

"기생 몰라?"

"그거야 알지. 간난 할머니가 정말 기생이셨다고?"

"그래, 젊으셨을 때는 진짜 수많은 조선 한량들의 가슴에 불을 싸지르셨다고 하더라. 그게 거짓말도 아닌 것이, 동양화도 잘 그리시고, 한자도 거의 모르는 게 없더라고."

"정말?"

"어."

"그럼 가족들은?"

"있긴 있었지. 당시 경성제국대를 나온 만석지기 엘리트였대."

"그런데?"

"그게······ 사연이 깊더라. 한국전쟁 당시에 남편 되는 사람이 아들하고 같이 월북을 했다나 봐. 나중에 그걸로 인해 연좌제에 걸려서 엄청 고생하셨더라고."

"그런 일이 있었구나."

"응. 근데 할머니 진짜 귀여우셔. 오늘도 할머니가 눈깔사탕 주셨어!"

이택진이 김간난 할머니가 종이에 싸 준 커다란 눈깔사탕을 꺼내 보였다. 분홍, 파랑색 줄무늬가 들어가 있는 사탕이었다.

"와! 이거 예전 초등학교 때, 학교 앞에서 팔던 거랑 똑같은데? 나, 하나만 먹어……."

"됐거든! 우리 간난 씨가 나만 몰래 먹으라고 했거든! 손댈 생각은 눈곱만큼도 하지 마라, 어?"

이택진이 세차게 내 손등을 내리쳤다.

"알았다, 알았어."

그렇게 이택진은 시간이 날 때마다 김간난 할머니 병실에 들렀고, 할머니는 그럴 때마다 옛날 얘기를 들려주셨다.

그렇게 두 사람은 점점 가까워지고 있었다.

❤

띠리리링.

의국에서 차트를 정리하고 있는데, 전화벨 소리가 요란하게 울렸다.

―야, 김윤찬이! 애들 의국에 다 모여 있지?

수화기를 뚫고 나올 것 같은 고함 교수의 목소리였다.

"네, 대기 중입니다."

―장대한 선생이랑 홍순진은?

"네, 두 분도 지금 의국에 있습니다."

─좋아, 애들 연장 채워서 다들 내 방으로 집합!

마치 전장에 나가는 장수처럼 고함 교수의 목소리가 결연했다.

"네, 알겠습니다."

"오늘이 그날이냐?"

전화를 끊자 이택진이 긴장한 듯 물었다.

"그래, 오늘이 그날이야."

"와 씨, 잘하면 모가지 날아가겠는데? 작년에도 개박살 났는데."

꿀꺽, 이택진이 마른침을 삼켜 넘겼다.

"긴장할 것 없어. 우린 준비한 대로 하면 돼."

"그래도 졸라 떨린다야. 도대체, 이런 쓸잘데기없는 걸 왜 하는 건데?"

"이렇게 사례 분석하면서 협업하는 거지."

"이게 협업이냐? 총만 안 들었지 이건 전쟁이야, 전쟁!"

"후후후, 그러면 꼭 이겨야겠네."

"그걸 누가 몰라? 그나저나 오늘 컨퍼런스 주제가 뭐지?"

"CABG(관상동맥 우회술) 대 PCI(경피적 관상동맥 중재술)!"

CABG는 수술, PCI는 시술이었다. 즉, CABG는 흉부외과의 영역이었고, PCI는 심장내과의 영역이었다.

최근 의학 기술이 발전되면서 조금씩 PCI의 수준이 올라

와, 이제는 CABG의 영역을 침범할 정도로 성장한 상황이었다.

결국, 오늘의 토론 배틀은 흉부외과와 심장내과의 자존심을 건, 사생결단의 컨퍼런스였다.

"자료 안 봤냐?"

"젠장, 그거 볼 시간 있으면 쪽잠이라도 좀 더 자겠다. 아무튼 난 모르겠고, 네 손에 우리 목숨이 달려 있으니까 잘해라, 제발!"

이택진이 양손을 모으며 불쌍한 표정을 지었다.

잠시 후, 고함 교수 연구실.

"제군들! 오늘 심장내과 새끼들 발라 버리는 날인 거 알고 있나?"

"네, 교수님!"

"내가 나눠 준 자료는 충분히 검토했으리라 본다. 맞나?"

"네."

"어라, 목소리 봐라? 피죽도 못 먹었어? 다시 대답한다. 알았나!!"

수련의들의 목소리가 기어들어 가자 고함 교수가 미간을 찌푸렸다.

"네, 알겠습니다!"

그제서야 수련의들이 목소리 톤을 높였다.

"좋아! 그날 이후로 내가 단 하루도 맘 편히 침대에 누워 본 적이 없다! 너희들, 와신상담 알지?"

"네에."

"내가 비록 곰쓸개는 빨지 못했지만, 시디신 레몬 조각을 우걱우걱 씹어 먹으면서 오늘을 기다렸다."

"……."

"오늘 심장내과 애들 제대로 밟아 놓지 않으면, 너희 모가지는 전부 내 거인 줄 알아. 알겠어?"

상기된 표정의 고함 교수가 손 칼로 목을 긋는 시늉을 했다.

"네, 알겠습니다."

"좋아! 그럼 바로 컨퍼런스 룸으로 이동한다!"

'다 죽었어!'

주먹을 불끈 쥔 고함 교수의 눈에서 레이저가 쏟아져 나오는 것 같았다.

♡

4층 컨퍼런스 룸.

"뭐야, 저 비장함은? 조폭이냐?"

고함 교수를 필두로 수련의들이 줄지어 걸어오자 먼저 기다리고 있던 변태석 교수가 콧방귀를 뀌었다.

"큭큭큭, 그러게 말입니다. 요즘 군바리들도 저렇게 각 잡진 않습니다."

옆에 있던 펠로우 이상훈이 비아냥거렸다.

"그래, 오늘도 잘근잘근 밟아 주자꾸나. 무식한 칼잡이 놈들, 대가리 속에 이론이라는 게 존재하냐? 어딜 감히 천하의 심장내과한테 엉겨?"

"네, 걱정 마십시오. 무식하게 칼만 잘 쓰는 애들입니다. 아주 목 돌아간 기린으로 만들어 버리겠습니다."

우두둑, 이상훈이 손가락 마디마디를 눌러 소리를 냈다.

"새끼, 무슨 말을 그렇게 무식하게 하냐? 목 돌아가면 죽어, 인마!"

흐흐흐, 변태석 교수가 입가에 음흉한 미소를 띠었다.

"고함 교수, 어서 와!"

고함 교수가 문을 열고 들어가자 변태석 교수가 표정을 바꿔 반갑게 손을 흔들었다.

"네, 저희 왔습니다."

고함 교수가 정중하게 인사를 했다.

"그래요. 존경하는 고함 교수님, 오늘도 좋은 토론 해 봅시다."

"허허허, 그럽시다. 일단, 너희는 잠깐 나가 있어라."

고함 교수가 심장내과 수련의들을 가리켰다.

"네??"

"너희 교수님이랑 잠시 할 얘기가 있으니까 잠깐 나가 있으라고."

"아…… 네."

심장내과 수련의들이 잠시 머뭇거리더니, 변태석 교수가 눈짓을 하자 그제야 밖으로 나갔다.

"말이 짧다? 내가 네 친구냐?"

수련의들이 밖으로 나가자 고함 교수가 짝다리를 짚으며 말했다.

"그게 무슨 개소리야? 그럼 동기면 친구지, 네가 선배라도 되냐?"

좀 전에 공손한 태도는 온데간데없었다.

"야, 너 진짜 많이 컸다? 너랑 나랑 11개월 차이야."

"그게 뭐?"

"어라, 엉기냐?"

"야, 고함! 내가 예전의 변태석으로 보이냐??"

변태석이 지지 않으려는 듯 눈을 부라렸다.

"아냐, 야동 보면서 XX이 칠 때가 엊그제 같은데, 많이 컸다?"

"뭐, 뭐라고?"

변태석 교수가 야동이란 말에 빛과 같은 속도로 반응했다.

"야, 동기들은 다 알아. 너 맨날 야동 처보는 거. 설마 지금도 그러냐?"

"이게 돌았나? 말조심해라."

"인마, 네 별명이 세운상가인 거 모르는 사람 아무도 없거든!"

"미친놈! 네가 허구한 날 우리 과한테 깨지니까 미쳤구나?"

"지랄한다. 팩트잖아. 너, 야동으로 인체 구조 배웠잖아? 그래서 우리 과 못 오고 심장내과로 튄 거 아냐, 해부학을 야매로 배워서."

"······시답잖은 소린 그만하고, 본게임으로 들어가지? 자신 없으면 뒈지시든가."

"흠흠, 뭐 좋을 대로. 누가 뒈질지는 두고 보면 아는 거고."

"그리고 고 교수! 애들한테 눈알에서 힘 좀 빼라고 해, 그러다 빠지겠어. 무식하면 용감하다더니, 눈에 힘준다고 뭐가 달라지나? 원래 없는 지식이 생기기라도 한다던?"

여전히 치밀어 오르는 부아를 참지 못했던지 변태석 교수가 또다시 고함 교수를 도발했다.

"걱정 마. 빠지면 내가 넣어 놓을 테니까. 그런 거 신경 쓰지 말고, 애들 야동이나 그만 보게 해라."

"뭐, 뭐라고? 내가 그 얘기 하지 말라고 했지!"

변태석이 발끈하며 나섰다.

"얼굴이 누렇게 뜬 게 난 황달 걸린 줄 알았잖아? 지금이라도 라미부딘 좀 갖다줄까?"

"하여간 무식한 건 예나 지금이나 똑같아. 어떻게 달라지질 않냐?"

"이 사람아, 사람이 어떻게 쉽게 변해요. 한번 해병은 영원한 해병이고 고함은 여전히 고함이지. 아! 넌, 군대 안 가서 그게 무슨 말인지 모르겠구나?"

고함 교수가 얄밉게 이마를 긁적거렸다.

하여간 고함 교수는 말로 뼈 때리는 데는 당대 최고였다.

"그, 그만! 고 교수! 이제 그만하지. 말장난하려고 여기 온 거 아니잖아?"

상황이 심상치 않게 돌아가자 변태석 교수가 목소리 톤을 높였다.

"……그래그래, 이제 그만하자. 근데 부탁이 있는데, 오늘 토론 끝나고 따끈따끈한 신작 나온 거 있으면 빌려줘. 변 교수, 요즘 뭐가 유행인가?"

"그만! 그런 거 없어!"

변태석 교수가 발끈하며 나섰다.

"아, 알았어요. 뭐 그런 거 가지고 발끈해? 괜히 더 의심스럽잖아?"

고함 교수의 완승으로 끝난 기 싸움이었다.

잠시 후.

"얘들아, 이제 들어와라!"

"네!"

"네!"

고함 교수의 손짓에 양쪽 과 사람들이 회의실 안으로 들어왔다.

"변 교수님! 오늘도 한 수 부탁드립니다. 좀 살살 하시죠."

좀 전의 분위기와는 180도 다른 고함 교수였다.

"네, 최선을 다하겠습니다. 우리 과나 흉부외과나 한배를 탄 동료 아닙니까?"

허허허, 변태석 교수 역시 최대한 예의를 갖춰 말했다.

그렇게 기선을 제압하기 위해 신경전을 벌였던, 고함 교수와 변태석 교수.

지금부터 본격적인 토론 배틀이 시작되었다.

남북 정상회담을 하듯, 심장내과는 테이블을 기준으로 오른쪽에 흉부외과는 왼쪽에 자리를 잡았다.

오늘은 주제는 CABG(관상동맥 우회술) VS PCI(경피적 관상동맥 중재술)이었다.

결국, 심장 전체를 갈아엎느냐, 아니면 뼈대는 남기고 겉만 수리하느냐 하는 것이었다.

"기본적으로 관상동맥 질환은 개흉 수술이 스탠더드로 되어 있습니다."

장대한 선생이 먼저 포문을 열었다.

"후후, 그건 다 옛날얘기죠. 지금은 스텐트 기술이 발전되어 굳이 침습적으로 가슴을 연다는 것은 불합리합니다. 게다가, 심장을 멈추고 펌프를 돌린다는 것이 얼마나 위험한지는 CS가 더 잘 알 것 아닙니까?"

그러자 이상훈이 여유로운 표정으로 받아치며 초반 승기를 잡아 나갔다.

"미국심장학회의 가이드라인도 CABG를 표준으로 권고하고 있습니다."

"……칼잡이들이라지만, 최근 논문 좀 읽으십시오. 요즘 칼만 잘 쓴다고 해결되는 건 아니지 않습니까? 환자들이 우리보다 더 잘 알고 있다는 걸 아셔야죠."

"……뭐라고요? 미국심장학회의 가이드라인이 틀리기라도 했단 말입니까?"

이번엔 홍순진 선생이 반격에 나섰다.

"맞죠! 당연히 관상동맥이 너덜너덜해진 환자는 CABG가 맞죠. 그런데 이 NEJM의 최근 논문 자료를 좀 보시고 말씀하십시오. 최근 5년간 추적 관찰한 결과, 중간 정도의 위험도를 가진 관상동맥 환자의 경우, 결코 PCI가 밀리지 않는다는 결과입니다."

역시 심장내과답게 미리 준비한 유인물을 돌렸다.

"……이게 확실한 자료입니까?"

휘휘휘, 서류를 넘겨 보는 장대한의 눈동자가 미세하게 흔들렸다.

"……원본을 보고 싶으면 직접 사서 보시든가요? 기본 오브 기본 아닙니까? 맨날 칼 가는 데만 돈 쓰지 마시고요. 메스가 무슨 부엌칼입니까?"

초반 승기를 잡았다고 생각했는지 심장내과, 조석무 선생이 빈정대기 시작했다.

"음……."

조금씩 밀리는 양상.

자신감을 보였던 고함 교수의 얼굴이 조금씩 굳어지는 것 같았다.

"비열등하다는 것이지 우월하다는 건 분명 아니죠. 특히, 수술 후 사망률은 CABG가 PCI에 비해 유의미하게 낮은 수치를 보이고 있음을 알 수 있군요?"

미드필드 싸움에서 밀리며 점유율을 뺏기자 후방에 있던 고함 교수가 지원사격에 나섰다.

"……계속해 보세요."

"다시 말해, CABG에 의한 사망률은 점차 감소하는 추세고, PCI에 의한 사망률은 완만하게 상승하는 수준이라고 할 수 있죠. 향후 10년이 지나면 그 간극은 더 벌어질 겁니다. 결국, 가장 안전한 방법은 개흉 수술이라는 걸 간접적으로 증명하고 있는 거죠."

과연 고함 교수였다. 그 역시, 최근 발표된 모든 논문 자료를 꿰뚫고 있었다.

"……그러니까, CS는 외골수라는 소릴 듣는 겁니다. 그건 모든 원인의 사망 비율이고요."

"그러면 모든 원인의 사망률을 무시하겠다는 겁니까??"

"아니죠. 관상동맥과 연관된 사망률을 좀 더 유의미하게 보자는 거죠. 우린 심장을 다루는 사람들이니까. 제 말이 틀렸습니까?"

"……."

반박할 수 없는 변태석 교수의 주장이었다.

심혈관 관련 사망률만 놓고 보자면 두 수술 간의 차이는 대동소이했던 것이 사실이었으니까.

고함 교수의 얼굴이 조금씩 붉어지기 시작했다.

"심근경색, 뇌졸중 등 심혈관 관련 사망률은 아무런 차이가 없습니다. 최근 스텐트 기술이 급속도로 발전하고 있고, 앞으로는 그 품질이 더 향상될 것이기 때문에 굳이 환자의 가슴을 열 필요는 없습니다. 수술이 전부인 시대는 끝났습니다. 이젠 질병 치료 단계를 벗어나, 환자의 수술 이후 삶의 질을 고려하는 추세임을 거부할 순 없겠죠."

변태석 교수가 자신 있는 표정으로 단언했다.

"……여기에는 오류가 있습니다, 교수님!"

반격을 위한 준비.

홍순진 선생이 잠시 생각에 잠기더니 필살기를 꺼내 들었다.

"뭡니까?"

변태석 교수가 퉁명스럽게 물었다.

"CABG의 경우는 수술한 경우, 재발 위험이 PCI에 비해 현저히 낮습니다."

"그래서요?"

"PCI 시술을 한 후 재발했을 때는 어쩔 수 없이 CABG를 할 수밖에 없죠. 그렇게 되면 환자는 두 배의 부담을 갖게 되는 겁니다. 신체적으로 경제적으로 말이죠."

역시 흉부외과 에이스, 홍순진 선생다운 발언이었다.

"옳거니!"

그제야, 고함 교수의 주름살이 조금은 펴지는 것 같았다.

"이거 대단히 미안한데 어쩌죠? 누가 CABG를 하지 말라고 했습니까? 해부학적으로 위험도가 높은 환자는 하세요, CABG! PCI는 그런 환자는 안 한다니깐요?"

이상훈이 어깨를 으쓱거리며 말을 받아쳤다.

"……그럼 제 말을 인정한다는 겁니까?"

"후우, 확실히 흉부외과분들은 단세포적이시군요. 도 아니면 모입니까? 중증 레벨 10 중 5 이하의 환자들만 PCI 시술을 한다니깐요? 제가 알기론 이 분류에 속하는 환자들의 재발률은 CABG보다 높지 않을 텐데요? 아닌가요?"

"그, 그게."

"지금 말씀하신 재발생률은 전체 환자에 관한 수치 아닙니까? 제가 도서관 가서 논문 카피라도 해 가지고 와요? 똥인지 된장인지 찍어 먹어 봐야 아는 건 아니지 않습니까? 수술이 다가 아닙니다, 현대 의학은!"

홍순진 선생의 훌륭한 태클이었지만, 사뿐히 점프해 피해 가는 이상훈이었다.

아무리 생각해 봐도 철저하게 준비가 되어 있는 모양이다.

"하하하, 그만해, 이상훈 선생! 원래 CS는 똥하고 된장을 구분 못 해. 꼭, 저렇게 찍어 먹어 봐야 안다니까?"

완전히 승기를 잡았다고 생각한 변태석 교수가 콧구멍을 벌름거렸다.

"……."

그에 반해 잿빛으로 변해 버린 고함 교수의 얼굴색이었다.

"자 자! 이제 대충 마무리가 된 것 같은데, 더 하실 말들 없지요?"

변태석 교수가 만족스러운 표정으로 주변을 훑어보았다.

"……."

테이블을 사이에 두고 앉은 사람들. 오른쪽과 왼쪽의 상황은 완전히 달랐다.

모세가 바다를 두 쪽으로 가르듯 완전히 갈라져 있는 심장내과와 흉부외과 사람들.

한쪽은 허리를 꼿꼿이 편 채 승리의 기쁨을 만끽하고 있었으나 또 다른 한쪽 과는 지도 교수의 따가운 시선을 피하기 위해 고개를 아래쪽으로 떨군 상태였다.

누가 봐도 승부는 갈린 듯 보였다.

"윤찬아, 완쪈 X 됐다! 이제 우린 다 요단강 건너는 거냐?"

꿀 먹은 벙어리처럼 아무 말도 하지 못했던 이택진이 소곤 거렸다.

"이택진, 그 입 다물어라! 확 찢어 버리기 전에!"

어찌나 귀가 밝은지, 고함 교수가 이택진의 말을 들은 모양이었다.

"네. 죄송합니다, 교수님!"

"다들 고개 들어!"

"……."

"니덜, 이게 최선이야?"

노기가 가득 찬 고함 교수의 목소리였다.

전세가 기운 건 틀림없었다.

심장내과는 준비했고, 흉부외과는 그러지 못했던 것.

당연한 결과였다.

하지만 야구는 9회 말 투아웃부터고, 축구는 인저리 타임 부터라고 하지 않았던가?

끝나기 전엔 끝난 게 아니다.

'잘 구경했으니, 이제 슬슬 몸 좀 풀어 볼까?'

"……자, 이젠 나가지! 오늘은 제가 쏘겠습니다. 삼겹살로 조인트 회식 하겠습니다. 심장내과와 흉부외과의 영원한 우정(?)을 위해서!"

승리감에 도취된 변태석 교수가 얼굴에 함박웃음을 지었다.

"와! 와! 고기다! 고기!"

"하아, 뒈졌다."

높낮이가 다른 두 집단의 목소리.

하나는 하늘을 찌를 듯한 환호성이었고, 또 하나는 땅이 꺼질 것 같은 탄식이었다.

"교수님, 제가 한마디 해도 되겠습니까?"

그 순간 난, 손을 번쩍 들어 올렸다.

"왜? 고기 싫어?"

변태석 교수가 동문서답하며 내 말을 무시했다.

"변태석 교수님, 그게 아니라 김윤찬 선생이 할 말이 있다고 하지 않습니까? 일단 들어 보죠?"

감독이 1할대 타율의 4번 타자를 끝까지 기용하는 데는 그만한 이유가 있다.

일발 장타를 기대하기 때문.

한 번에 전세를 역전시킬 수 있는 힘. 그 힘을 믿고 기용하는 것이다.

지금 난, 그 역할을 해야 한다.

9회 말 투아웃 투스트라이크에서의 한 방을.

"딱히 할 말이 없을 것 같은데?"

"몇 가지 잘못된 점을 바로잡으려 합니다."

"오류라? 좋아! 끝까지 발악을 해 보겠다 이거지? 다들,
앉아."

변태석 교수가 일어서 서성거리던 제자들을 자리에 앉혔
다.

"네."

"뭐야, 할 말이?"

변태석 교수가 의자를 뒤로 젖힌 채, 턱을 들어 올렸다.

"외람되지만, 교수님께 하나만 여쭙겠습니다. 코브라한테
물려서 죽기 일보 직전의 사자를 하이에나가 물어 죽였다면,
이 사자는 코브라가 잡은 겁니까, 하이에나가 잡은 것이 되
는 겁니까?"

"뭔 뚱딴지같은 소린가?"

"말씀해 주십시오. 코브라입니까, 하이에나입니까?"

"당연히 코브라지! 이건 하이에나가 잡았다고 보기 힘들
지. 이미 사자는 코브라에 의해서 치명상을 입은 거니까."

내 말의 함의를 가장 먼저 알아차린 사람은 고함 교수였
다.

안타 한 방이 나오자, 그가 자리에서 벌떡 일어났다.

"그게 뭐 어쨌다는 거지?"

"이 연구 논문이 이와 유사한 오류를 담고 있다는 것을 말 씀드리려고 하는 것입니다. PCI 시술을 받은 건설 노동자 환 자가 현장에서 일을 하다 심근경색이 와 건물에서 추락해 사 망한 경우, 이 사람의 사망 원인이 심근경색입니까, 아니면 추락사입니까?"

"옳거니, 바로 그거야! 당연히 심근경색이 원인이 되는 게 합리적이지."

2루 진루.

감독은 조금씩 바빠지기 시작했다.

"그건 좀 억지 아닌가? 사고로 죽은 사람들을 전부 부검해 봐야 한다는 건가? 이건 말이 안 되는 거지."

"그 환자들이 술을 먹지도 않고, 안전 수칙도 잘 지키고, 실수도 하지 않았는데, 낙상해 사망하거나 수영 도중에 죽을 이유는 거의 없지 않습니까? 과거 병력을 추적해 보면 어렵 지 않은 과정입니다. 근본적인 원인을 파악하는 건 어렵지 않습니다."

"……"

"하지만 이 논문은 모든 경우의수를 담고 있지 못하죠! 결 국, 정교한 데이터 가공이 되지 않은 불완전한 통계자료라는 겁니다. 이렇게 모든 변수를 제외한 데이터를 가지고 PCI가

CABG에 비해 우월하다고 주장하는 것은 소가 달구지를 끄는 게 아니라 달구지가 소를 끈다고 하는 것과 같다고 생각합니다."

"어이없군. 좋아! 그렇다 치더라도 그런 케이스는 CABG를 받은 사람도 마찬가지야! 그게 어떻게 PCI에만 적용이 된다고 생각하는 거지?"

다 된 밥에 코를 빠뜨렸으니, 얼마나 부아가 치밀어 오르겠는가?

이상훈 선생이 송곳니를 드러냈다.

"네, 맞습니다. CABG 환자도 그런 케이스가 있을 수 있습니다. 다만, 명확한 팩트는 이 모든 데이터가 반영되었더라면 심장 관련 사망률에서 CABG가 유의미한 우위를 점할 수 있었겠죠? CABG가 PCI에 비해 재발생률이 낮다는 건 정설이니까요."

"좋아, 그건 그렇다고 해 두지! 하지만 이건 어떻게 설명할 텐가? 실제로 수술 도중 사망률을 보자고. 이건 CABG가 PCI에 비해 두 배가 더 높아! 즉, 테이블 데스가 날 확률이 CABG가 훨씬 높단 뜻이지. 이걸 어떻게 반박할 수 있지?"

9회 말 맹공을 퍼부었지만, 그렇다고 마냥 두들겨 맞을 변태석 교수가 아니었다. 어떻게든 틀어막기 위해 돌직구를 뿌려 댔다.

"상황이 다릅니다."

"그러니까 무슨 상황! 그걸 말해 보라는 것 아닌가? 무슨 개떡 같은 상황이냐고?"

변태석 교수가 조금씩 흥분하기 시작했다.

"이보세요, 변 교수님! 왜 애를 윽박질러요? 어디 기죽어서 말이나 제대로 하겠습니까? 뭐, 이건, 건설적인 대화에 교수가 죽자고 덤비니 레지던트가 어디 말이나 제대로 하겠습니까?"

방패막이는 고함 교수의 몫이었다.

"그, 그래, 편하게 설명해 봐."

흠흠흠, 변태석 교수가 심기가 불편한지 연신 헛기침을 해댔다.

"우리나라의 근간이 된 유교 사상과 깊은 관계가 있습니다!"

"지금이 어떤 시대인데 그런 걸 들먹이나? 그게 말이 돼?"

"수술에 대한 두려움이죠. 우리나라 사람들은 가능하면 수술을 하지 않으려는 습성이 있습니다. 오래된 관습이죠. 약으로 해결할 수 있으면 가장 좋고, 간단한 시술로 해결할 수 있으면 그다음이죠. 결국 수술이란 건, 최후의 선택지입니다. 한국 사람들에겐 말입니다. 대개 미국 사람들은 절개수술을 하자고 제안하면 순응하는 편인데 반해, 우리는 가슴 절개수술에 극도의 공포감을 가지고 있다는 거죠. 신체발부수지부모라는 말이 있지 않습니까? 대부분의 심장 질환 환자들은 노령입니다. 그만큼 보수적이죠."

"그게 뭐 어쨌다는 건가? 환자들의 연령이 높은 건 우리나라뿐만이 아니잖아."

"네, 맞습니다. 하지만 우리나라 사람들은 특히 가슴에 메스를 대는 것을 극도로 싫어합니다. 그래서 가슴이 아파도 침이나 약을 선호하게 되죠. 그러다 악화되면 찾아오는 게 심장내과입니다. 끝까지 수술을 받고 싶지 않으니까요. 결국, 거기서도 해결이 되지 않으면 그제야 외과를 찾아옵니다. 이미 악화될 대로 악화된 몸으로 말입니다. 죽음이 목까지 차올라야 수술을 결정하죠."

"……그, 그래서?"

"결국, CABG를 받는 대부분의 환자는 중증 환자고 PCI를 받는 환자는 비교적 양호한 환자라는 거죠. 그러니 자연스럽게 CABG의 사망률이 높아질 수밖에 없습니다. 전염병에 감염되었을 경우, 고령의 기저 질환 환자가 사망할 확률이 젊은 층보다 높은 것처럼 말입니다."

"퍼펙트! 이제야 10년 묵은 체증이 내려가는군. 이거! 너무 당연한 거 아니야? 안 그런가, 변태석 교수님?"

"아직은 아니지, 증명을 해야 할 것 아닌가? 구체적인 수치로!"

끝까지 결사 항쟁 하겠다는 변태석 교수의 의지였다.

"변 교수, 솔직히 깨끗하게 인정할 건 하자고. 이건 너무 억지잖아? 그걸 어떻게 증명해?"

"증명할 수 있습니다."

"정말?"

고함 교수가 놀란 눈을 깜박거렸다.

"국내 PCI 시술은 CABG에 비해 20배가 넘습니다. OECD 평균보다 거의 일곱 배가 높은 수치죠. 다시 말해, 대한민국의 환자들은 어지간하면 PCI를 하려 하지, 가슴 절개수술은 회피한다는 증거입니다. 결국, 이 자료는 죽을 만큼 아프지 않으면 CABG를 하지 않는다는 걸 내포하고 있습니다. 여기, 의료보험공단에서 작성한 통계자료가 있습니다."

난 미리 준비한 유인물을 변태석 교수에게 제공했다.

"……아놔, 이러면 빼박인가?"

자료를 한참 살펴보던 변태석 교수가 허탈한 웃음을 내뱉었다.

"당연히 빼박이쥐! 이런 걸 9회 말 역전 만루 홈런이라고 하는 건가?"

잔뜩 좁혀졌던 고함 교수의 어깨가 활짝 열리는 순간이었다.

"좋아, 인정할 건 인정해야지! 무식한 칼잡이들만 있는 줄 알았더니, 꽤 쓸 만한 녀석도 있었군. 이 정도 자료를 준비할 정도면 뭐, 인정할 건 해야지."

변태석 교수가 결국 백기를 들고 말았다.

"과찬이십니다. 다만 이 모든 자료에서 우리 병원은 예외입니다."

"예외? 왜 우리 병원은 예외지?"

변태석 교수가 궁금한 듯 물었다.

"변태석 교수님을 비롯한 심장내과 교수님들의 PCI 시술 성과는 타의 추종을 불허하니까요."

"뭐야? 병 주고 약 주는 건가?"

"아닙니다. 우리 병원 케이스는 지금 제가 발표한 모든 통계치를 뛰어넘습니다. 그러니 당연히 예외죠."

"새끼, 입 안에 사탕이 따로 없네."

씨익, 변태석 교수가 한쪽 입꼬리를 말아 올렸다.

"사실이니까요."

"너, 칼잡이 그만두고 우리 과로 와라. 그런 데서 썩을 머리가 아닌 것 같은데, 전향 좀 고려해 보지?"

"변 교수, 팔 병신 되고 싶으세요?"

가만있을 고함 교수가 아니었다. 변태석을 응시하는 고함 교수의 눈에 살기가 가득했다.

"……하여간, 조폭들도 아니고, 무슨 신체 포기 각서라도 쓴 거야 뭐야. 알았어요, 알았어. 그냥 해 본 소립니다."

"하하하, 그러면 이렇게 된 이상, 회식은 내가 쏘는 걸로? 오케이?"

신이 난 고함 교수의 입이 귀에 걸려 있었다.

"좋아! 1차는 고 교수가 쏴. 2차는 내가 쏠 테니까. 오늘 아주 마시고 죽자."

변태석 교수가 2차로 화답했다.

"하아, 십년감수했네."

모든 상황이 종료되자 꿀 먹은 벙어리처럼 고요했던 이택진이 입술을 뗐다.

"그게 아니고, 너도 공부 좀 하자. 솔직히 심장내과 애들 공부하는 거 보면 무섭더라."

"됐어요! 공부는 일당백인 너만 하면 되잖아? 원래, 고만고만한 선수 수십 명보다 한 방 있는 너 같은 놈이 나아. 난, 책 들여다보느니 그 시간에 잠이라도 조금 더 잘란다."

"어휴, 네 멋대로 해."

"히히히, 고맙다. 아무튼 너 덕분에 배 속에 기름칠 좀 하겠구나."

쓰읍, 이택진이 혀로 입술 주위를 훑어 내며 입맛을 다셨다.

아무튼, 나름대로 지난번 당했던 치욕을 설욕한 셈이었다.

다음 날, 김간난 할머니 병실.

아무것도 먹지 못하고 수액으로만 버티고 있는 김간난 할머니.

얼마나 주사를 많이 맞았는지, 팔뚝은 이미 맨들맨들해져 혈관이 잡히지 않는 지 오래였고, 손등마저도 튀어나온 혈관을 찾기 어려웠다.

광대는 툭 튀어나와 있었으며, 볼살도 홀쭉해져 뼈만 앙상하게 남은 상황이었다.

"아이고, 주삿바늘 꽂을 데가 없네."

탁탁탁, 이택진이 할머니의 손등을 쳐 보지만, 혈관이 튀어나오지 않았다.

"간난 씨, 아무래도 발등에 꽂아야겠어."

어느새 친할머니처럼 친해진 두 사람. 이택진은 할머니를 간난 씨라고 불렀다.

"그래, 아무 데나 혀, 난 상관없으니까."

할머니가 힘없이 고개를 끄덕였다.

"간난 씨, 좀 아파도 참아, 응? 내가 최대한 안 아프게 놔 줄게."

"그려."

할머니가 입가에 희미한 미소를 띠었다.

탁탁탁.

지금까지 이토록 집중하는 이택진의 모습을 본 적이 있었던가?

이택진이 온 정신을 집중해 할머니의 발에 주삿바늘을 꽂았다.

"다 됐다! 간난 씨, 바늘 들어간지도 몰랐지? 어?"

이택진이 수액을 스탠드에 걸고, 레버를 조정해 수액 떨어지는 속도를 조절했다.

"암만, 벌써 주사 다 논 겨? 나는 암것도 몰랐구먼."

"거봐, 내가 안 아프게 놔 준다고 했잖아요. 내 말이 맞죠?"

"그려그려, 우리 택진 선생이 최고여."

"흐흐흐, 고마워."

이택진 역시 환한 미소를 지었다.

"그런데 택진 선생."

이택진이 담요를 덮어 주자, 김간난 할머니가 조심스럽게 물었다.

"왜?"

"……나, 언제부터 밥 좀 먹을 수 있는 겨? 곡기 끊은 지가 얼매나 지났는지 몰라."

"아하, 우리 간난 씨가 밥이 드시고 싶으셨구나?"

"아이고, 찬물에 밥 말아 신김치 쭉 찢어 먹으면 소원이 없겠구먼."

쓰읍, 할머니가 입맛을 다셨다.

"하아, 잘 익은 신김치! 그거 밥도둑이긴 하지. 나도 드리고 싶은데, 수술 끝날 때까진 안 돼. 수술 잘 끝나면 내가 갖다줄게. 우리 엄마가 김치 하나는 기가 막히게 담그거든. 2년 묵은 김치도 있어."

"아이고, 묵은지 맛나긋다."

"그래, 그러니까 조그만 참아. 내가 질리도록 먹게 해 줄 테니까."

할머니를 내려다보는 이택진의 눈빛이 아련했다.

"그려, 우리 택진 선생이 그러라면 그래야지."

"응!"

"……택진 선생, 그러면 미음도 안 되는가? 그냥 흰죽 말이여. 그거라도 좀 먹었으면 좋것는디."

"하아, 그렇게 먹고 싶어?"

"그려, 흰죽이라도 끓여서 참기름 좀 쳐서 먹으면 소원이 없겠구먼."

할머니의 눈빛이 너무도 간절했다.

"간난 씨, 안 돼! 안 되는 거 알잖아요. 수술 끝나면 내가 할머니 좋아하는 족발이랑 보쌈이랑 실컷 사 줄게요."

"……하아, 쌀죽 한 숟갈도 안 되는 겨?"

애절한 눈빛의 김간난 할머니였다.

"안 돼! 하여간 나 몰래 음식물 섭취하면 나 다신 할머니 안 봐? 알았지?"

"알았어. 하여간 잔소리는 우리 남편이랑 똑같구먼."

"할머니 남편?"

"그려, 택진 선상이 우리 남편이랑 똑같이 생겼어."

"그래? 간난 씨 남편이 그렇게 잘생겼어?"

"그럼, 키도 크고 얼마나 서글서글했는디. 참말로 보고 잡구먼. 아이고, 그 냥반도 택진 선상처럼 잔소리가 얼매나 많은지."

"그래? 그러기 쉽지 않은데? 내 얼굴이 굉장히 서구적인 스타일이거든."

"맞아, 맞아! 우리 양반도 양코배기처럼 생겼어."

죽은 남편을 떠올리는 김간난 할머니의 표정에 꽃이 피었다.

"좋았겠네."

"암만, 좋았지! 그 냥반 가다마이 쫙 빼입고 나오면 폼 났제. 그 냥반 팔짱을 딱 끼고 덕수궁 돌담길을 걸으면, 가시내들이 쭉 찢어진 가재미눈을 허고 훔쳐보느라 난리도 아니었어."

"그랬구나. 나중에 다 나으면 나랑 같이 덕수궁 가요."

"참말인 겨?"

"그럼, 우리 데이트해요, 덕수궁에서."

"고맙구먼, 고마워."

"그러니까, 괜히 몰래 뭐 사 먹고 하면 안 돼, 알았지? 간난 씨, 믿는다?"

"알았다고 몇 번을 말혀."

하지만 모든 일이 뜻대로 되는 것은 아니었다. 이택진은 김간난 할머니를 절대로 믿어서는 안 됐다.

경험상, 나이 드신 환자분들은 언제나 그랬으니까.

비근한 예로 간 질환이 심한 환자가 생수통에 소주를 넣어 먹을 줄 누가 알았겠는가?

절대로 환자의 말을 믿지 마라!

이건, 우리 같은 외과 의사들에겐 불문율과도 같은 것이었다.

따라서 김간난 할머니도 예외는 아니었다. 이택진이 잠시 방심한 사이, 전복죽을 사다 드신 것.

그것이 화근이었다.

―코드 블루, 코드 블루! 409호 김간난 환자, 응급 상황 발생! 다시 한번 알려 드립니다. 409호 김간난 환자 응급 상황 발생! 원내에 흉부외과 선생님들은 속히 409호로 오십시오!

한밤중 다급한 이머전시 콜이 울렸다.

"……뭐, 뭐지?"

당직실에서 라면을 먹고 있던 택진이와 나. 갑작스러운 응급 콜에 이택진이 나무젓가락을 내던졌다.

"김간난 할머니 같은데?"

"……내가 몰라서 물어! 무슨 일이냐고?"

이택진이 우물거리던 라면을 뱉어 내며 물었다.

"모르겠어. 일단 가 보자!"

"……."

후다닥, 쾅!

이택진이 번개 같은 속도로 문을 박차고 밖으로 나갔다.

409호, 김간난 할머니 병실.

최악의 상황. 병실로 들어가 보니 할머니가 의식이 없었다.

"민진 쌤, 이게 어떻게 된 겁니까?"

"저…… 저도 잘 모르겠어요. 좀 전까지만 해도 괜찮으셨는데, 갑자기 혈압이 떨어졌어요."

"혈압, 얼마나 되는데요?"

"75/48mmHG에 맥박은 분당 115입니다."

"젠장, 타키카디아(발작성 빈맥)야!"

"유, 윤찬아! 간난…… 아니 할머니 어떻게 된 거야?"

할머니를 살펴보던 이택진의 눈동자가 부풀어 올랐다.

"나도 모르겠어. 일단 응급조치를 해야 할 것 같아."

"어, 어떻게 좀 해 봐, 윤찬아! 나, 지금 머릿속이 하얘져서 아, 아무것도 생각이 안 나. 어, 어쩌지? CPR 해야 하나? 아닌가, 어쩌지?"

이택진이 발을 동동 구르며 어쩔 줄 몰라 했다.

"침착해. 지금은 우리 둘이 어떻게든 해 봐야 하는 상황이야. 알았지? 넌, 내가 시키는 대로만 하면 돼."

난 이택진의 양팔을 붙잡고 그를 진정시켰다.

"아, 알았어. 도대체 이게 어떻게 된 일이야. 몇 시간 전만 해도 멀쩡했는데……."

이택진이 입술을 잘근거리며 흘러내린 머리카락을 쓸어 올렸다.

"일단 민진 쌤, 환자 피 뽑아서 동맥혈 가스 검사 좀 해 주세요. 그리고 바로 고함 교수님께 연락 좀 해 주시고요."

"네, 알았어요."

김민진 간호사가 할머니의 팔에서 피를 뽑아 황급히 병실을 빠져나갔다.

"이제부터는 우리가 해결해야 해."

"어, 알았어."

"……택진아, 어려울 것 하나도 없어 배운 대로만 하자."

"그, 그래, 알았어."

"할머니, 간난 할머니! 제 말 들리세요? 제 말 들리시면 발가락 좀 까딱거려 보세요."

의식이 완전히 소실된 상황, 난 할머니의 얼굴을 가볍게 두드려 봤지만 아무런 반응이 없었다.

큰일이야, 전혀 반응하질 않아.

딸깍, 난 주머니에서 펜 라이트를 꺼내 김간난 할머니의 동공을 살펴보았지만, 전혀 반응이 없었다.

동공 반응 소실! 위기다!

"택진아, 심전도 부착하고 혈압 좀 확인해 줘."

"아, 알았어. 헉, 윤찬아! 지금 수축기 혈압이 65mmHg까지 떨어졌어. 이러다가 어레스트 오는 거 아냐? 어떻게 좀 해 봐!"

혈압을 확인한 이택진의 목소리가 갈라져 나왔다.

"침착해! 아직은 괜찮아. 에피네프린 1앰풀 투여해 주고 그래도 혈압이 튀지 않으면 1앰풀 더 투여해 줘. 알았지?"

난 김간난 할머니의 몸을 주무르며 이택진에게 지시를 내렸다.

"어, 알았어."

"혈압 어때?"

"그대로야. 올라가질 않아! 어떻게 하지?"

에피네프린을 투여해 봤지만 아무런 효과가 없었다.

"도부타민 걸어! 빨리!"

"알았어."

그렇게 에피네프린과 도부타민을 투여한 결과, 어느 정도 혈압이 잡히는가 싶더니 또다시 혈압이 떨어지기 시작했다.

"어, 어떡해, 윤찬아!"

거의 울상이 되어 버린 이택진이었다.

"동맥혈 가스 검사 나왔어요!"

그 순간, 김민진 간호사가 병실 안으로 들어왔다.

"그래요? 수치는요?"

"pH 7.620, SaO_2 99.2%로 나왔어요. 산증이 너무 심한 것 같은데 어쩌죠?"

김민진 간호사가 결과지를 내게 내보였다.

"일단, 중탄산염 나트륨(산증 치료제) 투여합시다."

"알았어요."

하지만 여기서 끝이 아니었다.

축 늘어진 김가난 할머니의 상태는 급속히 나빠졌으며, 하염없이 떨어지는 혈압을 잡아 낼 방법이 없었다.

"택진아, 아무래도 제세동기가 필요할 것 같아! 빨리!"

"아, 알았어."

황급히 병실을 뛰어나간 이택진. 잠시 후, 그가 제세동기를 밀고 들어왔다.

"고함 교수님는 언제 오십니까?"

"지금 집안일로 지방에 계신데, 올라오시는 중이시래요. 1시간 정도 걸린답니다."

"이기석 교수님은요?"

"……일본 학회에 가셨잖아요."

"아, 맞다! 할 수 없군. 택진아, 제세동기 이쪽으로 주고 환자 심정지 올지 모르니까 아트로핀 투여해 줘."

"아, 알았어."

난 제세동기에 푸르스름한 젤을 발랐다.

이, 이건 뭐지?

그 순간, 벌어진 상의 단추 사이로 검붉은 발진이 보였다.

단추를 풀어 좀 더 자세히 살펴보니, 가슴 전체와 하복부까지 발진이 퍼져 있었다.

팔뚝에도, 다리에도 똑같은 반점이었다.

'이 반점이 왜 생긴 거야? 발작성 빈맥과는 아무런 관련이 없는 발진이야, 이건!'

"윤찬아, 뭐 해! 혈압 더 떨어져!"

그렇게 잠시 생각에 잠긴 사이, 이택진이 목소리 톤을 높였다.

"아, 알았어. 택진아, 200줄 차지!"

"반응 없어!"

이택진이 고개를 흔들었다.

"좀 더 올리자. 250줄 차지!"

"응."

"어때?"

"소용없어. 안 될 것 같아."

이택진의 표정이 거의 잿빛으로 변해 있었다.

'젠장, 최악이야!'

EKG 모니터(환자 감시 시스템)에 나타나는 할머니의 모든 수치는 최악으로 달려가고 있었다.

"후우, 안 되겠어. CPR(심폐소생술)을 해야겠어. 택진아, 침대 좀 잡아 줘."

가운을 벗어 던진 난, 황급히 침대 위로 올라갔다.

"하나, 둘!"

"하나, 둘!"

"하나, 둘!"

'할머니, 조금만, 조금만 더 힘을 내세요!'

어느새, 얼굴에서 굵은 땀방울이 줄지어 흘러내리기 시작했다.

잠시 후.

희망이 보였다!

"유, 윤찬아! 조금씩 혈압이 상승하고 있어. 이제 올라가!"

그렇게 수차례 심폐소생술을 반복하자 평형을 이루던 김간난 할머니의 혈압이 상승 곡선을 타기 시작했다.

"후우우우…… 하나, 둘!"

"할머니, 힘을 내세요. 여기서 이렇게 가시면 안 됩니다!"

EKG 모니터를 힐끗 보니, 수치가 조금씩 상승하고 있었다.

일말의 가능성이 보인다.

이제, 다 왔어!

제발! 할머니, 조금만 힘을 내요!

난 온 힘을 쥐어짜내 김간난 할머니의 가슴 부위를 압박했다.

뚝뚝뚝, 이마에선 땀이 비 오듯 떨어진다. 눈썹에 땀방울이 맺혀 앞이 흐릿하다.

"후우우우…… 하나, 둘!"

이제는 입에서 단내가 난다.

회귀 전에도 이토록 힘들게 심폐소생술을 해 본 적이 없다.

그 순간, 이택진의 얼굴이 보였다.

저토록 간절해 보이는 표정이 또 있을까?

저토록 절박한 표정을 본 적이 있던가?

얼마나 입술을 악다물었는지 택진이의 툭 불거진 입술이 마구 흔들렸다.

살려야 한다.

택진이가 끔찍이 아끼는 환자.

어느새 정이 깊어져, 둘 사이는 이미 친할머니, 친손자의 관계였다.

이 녀석을 위해서라도 어떻게든 살려야 한다.

반드시!

"후욱, 후욱! 하나, 둘, 셋!"

얼마나 힘을 줬는지 깍지 낀 손가락 주위가 빨갛게 피가 몰렸다.

등짝이 후끈 달아오를 정도로 묽은 땀이 끊임없이 흘러내린다.

열기에 김이 올라올 정도다.

토마토처럼 벌게진 얼굴로 혼신의 힘을 다한 20여 분, 드디어 할머니가 반응을 보이기 시작했다.

뚜뚜뚜뚜~.

드디어 EKG 모니터가 유의미한 반응을 보이기 시작했다.

"윤찬아! 할머니 수축기 혈압이 80mmHg까지 올라왔어!"

EKG 모니터를 지켜보고 있던 이택진의 목소리가 들떠 있었다.

뚜뚜뚜뚜~.

드디어 움직이기 시작한 혈압. 이제 최악의 고비는 넘기는 듯했다.

"택진아! 바소프레서(vasopressor : 승압제) 희석해서 1앰풀 투여해."

이제 승기는 잡았다.

마무리만 잘하면 나와 택진이는 저승사자와의 한판 승부에서 이길 수 있다.

하지만, 방심은 금물이다.

"어, 어, 알았어."

그렇게 정신없이 보낸 시간, 30여 분.

띠띠띠띠띠, 뚜뚜, 뚜뚜…….

"유, 윤찬아!! 하, 할머니 바이탈 수치가 정상으로 돌아왔어!"

EKG 모니터를 지켜보던 이택진이 양팔을 들어 올리며 환호했다.

난생처음 보는 환희의 얼굴이었다.

"괜찮은 거냐?"

"어! 어! 돌아왔어. 완전 돌아왔어, 혈압!"

이택진이 어린애처럼 방방 뛰며 좋아라 했다.

"하아……."

입술이 바짝바짝 마른다.

꿀꺽, 나도 모르게 마른침을 삼켜 넘기고 말았다.

휘청!

지금에서야 몸이 반응하는가 보다. 현기증이 나 몸을 가눌 수가 없었다.

"괜찮아?"

몸을 비틀거리자 이택진이 내 팔을 움켜쥐었다.

"어, 괜찮아……. 이, 이건 또 뭐야?"

"왜, 뭔데?"

"저기 봐 봐."

"헐, 이게 뭐야?"

김간난 할머니가 누워 있던 침대 시트가 붉게 물들어 있었다.

헤마투리아! 즉, 혈뇨였다.

'혈뇨가 왜??'

도무지 이해할 수 없는 노릇이었다.

"민진 쌤, 할머니 혈뇨 있었어요?"

"아, 아뇨, 그런 거 없었는데?"

김민진 간호사가 고개를 내저었다.

이게 어떻게 된 일인가?

원인 모를 피부 발진과 헤마투리아까지.

이건 뭔가 잘못되어도 한참 잘못된 것이 틀림없었다.

"저, 저거 뭡니까?"

그 순간, 난 테이블 밑에 놓인 죽 그릇을 발견할 수 있었다.

응급조치를 하느라 신경 쓰지 못했던 모양이었다.

"윤찬 쌤, 이거 죽 그릇 같은데요?"

테이블 밑을 확인한 김민진 간호사가 빈 플라스틱 그릇을 들어 올렸다.

'죽 그릇이 여기서 왜 나와?'

하아, 아무래도 할머니가 죽을 드신 것 같다.

흉부외과 중환자실.

"할머니, 저 알아보시겠어요?"

"하아, 네. 선생님 아니십니까?"

"네, 맞습니다."

"제가 기절을 했었던 겁니까?"

김간난 할머니가 겨우 힘을 내 입술을 뗐다.

"네, 비슷한 겁니다."

"아이고, 기억나는 게 하나도 없습니다. 갑자기 눈앞이 캄캄해지더니, 아무것도 보이지 않았어요."

"네, 자칫 위험할 수도 있었는데, 우리 선생님들이 잘 조치해 무사하셨습니다."

"아이고야, 택진 선생이 날 살린 건가요?"

"아…… 네, 맞아요. 택진 선생 아니었으면 큰일 날 뻔했어요, 할머니."

"아이고, 고마워라. 정말 고맙습니다, 선생님."

"네. 일단, 눈을 좀 붙이세요. 지금은 휴식이 무엇보다 중요합니다."

"네, 알겠습니다."

그렇게 김간난 할머니는 간신히 의식을 회복했고, 중환자실로 옮겨졌다.

잠시 후, 병원으로 돌아온 고함 교수의 진료로 위험한 고
비는 넘길 수 있었다.

"……할머니 병실에서 왜 죽 그릇이 나온 거지?"

"하아, 아무래도 할머니가 죽을 사서 드신 것 같아. 자꾸
밥이 먹고 싶다고 그러셨거든."

이택진의 얼굴이 잔뜩 일그러져 있었다.

"할머니 지금 식사하시면 안 되시는데……."

"알아, 나도……. 아니다, 변명할 게 없어. 내 환자, 내가
관리를 잘못한 거니까."

"그런 뜻으로 한 말 아니야. 네 잘못은 없어."

"아냐, 내가 너무 경솔했던 것 같아. 연세 드신 분들이 원
래 그런다는 걸 간과했어. 내 책임이 커."

"절대, 네 책임 아니야."

"……지금 네가 뭐라고 말해도 귀에 안 들어온다. 나 때문
에 할머니가 돌아가실 뻔했어."

이택진의 시선이 아래쪽으로 향했다.

"안 돌아가셨잖아."

"그래, 천만다행이야. 근데 윤찬아, 뭐 하나만 물어보자."

"어, 말해."

"할머니가 이렇게 된 게, 밥을 드셔서인 거니? 솔직히 난,
아무리 생각해도 이해가 되질 않아."

"그럴 수도 있긴 해."

"하아, 정말?"

"어."

"결국 내 잘못인 건가?"

후우, 이택진이 하늘을 올려다보며 한숨을 내쉬었다.

가슴, 그리고 복부의 발진, 헤마투리아(혈뇨)까지.

택진이에겐 그럴 수도 있다고 했지만, 단순히 식사를 하셨다고 생길 현상은 분명 아니다.

뭔가 잘못된 게 있을 거야.

"내가 그럴 수도 있다고 했지, 반드시 그렇다고는 말 안 했는데?"

"……위로하려고 하지 마라. 지금 죽고 싶으니까."

"나, 위로 같은 거 못하는 거 잘 알잖아? 확실하게 단언하지는 못하겠지만, 뭔가 석연찮은 게 있어. 확실해지면 내가 말해 줄게. 아무튼, 내가 장담할 수 있는 건, 네 잘못은 없다는 거야. 그러니까 쓸데없는 자책감 가질 필요 없어."

"애쓰지 않아도 돼."

"아무튼, 넌 최선을 다했고, 지금 일어난 일은 불가항력적인 거야. 일단, 고함 교수가 바로 오라고 하셨으니까 가보자."

"후후후, 오늘 요단강 건너겠군."

"하아, 그냥 무조건 잘못했다고 빌어. 그게 상책이야. 고함 교수 성격 알잖아?"

"……알지, 아주 잘 알지. 아주 가루가 돼서 없어지겠지."

"뭐, 그거야 어쩔 수 없지. 아무튼 가 보자."

고함 교수 연구실.

김간난 할머니를 진료하고 온 고함 교수가 먼저 와 기다리고 있었다.

"교수님, 저희들 왔습니다."

"그래, 어서 와. 거기 앉아.……다들 배고프지? 먹자."

뜻밖의 상황.

고함 교수가 테이블 위에 초밥 도시락 세 개를 올려놓았다.

"이, 이게 뭡니까?"

"뭐긴, 보면 몰라? 초밥이지."

"네, 초밥인 건 알겠는데……."

잔뜩 겁을 집어먹은 이택진이 영문을 알 수 없다는 표정을 지었다.

"왜? 초밥 싫어?"

"아, 아닙니다."

"그럼 앉아서 처먹어, 군소리 말고. 이거 유명한 데서 시킨 거야."

"네, 교수님."

"김윤찬이, 너도 처먹어. 맨날 라면 부스러기만 우걱거리지 말고."

딱, 고함 교수가 나무젓가락을 갈라 내게 주었다.

"네, 교수님. 잘 먹겠습니다."

"그래, 있을 때 많이 먹고 맷집이나 키워 놔라. 펠로우 되면 초밥은 고사하고 끼니를 때울 시간도 없을 테니까."

"네, 감사히 잘 먹겠습니다."

잠시 후.

그렇게 고함 교수를 비롯해 우리 세 사람은 어색한 야식 타임을 가졌다.

물론, 이택진은 몇 피스 집어 먹지도 못했다. 초밥이라면 자다가도 벌떡 일어날 놈이 말이다.

하긴 이 상황에서 밥이 넘어갈 여유가 있겠는가.

아무튼, 식사 시간 내내 고함 교수는 김간난 할머니에 관한 사항은 단 한마디도 입 밖에 내지 않았다.

"이택진이 넌 왜 이렇게 못 먹어? 생선 싫어하나?"

"아뇨, 좋아합니다."

"그런데 왜 안 처먹어? 입이 고급이라 다금바리나 옥돔 회 아니면 쳐다도 안 보는 건가? 꺼억, 잘 먹었다."

고함 교수가 트림을 하며 몸을 뒤로 젖혔다.

"아뇨, 그렇지 않습니다."

이택진이 강하게 고개를 흔들었다.

지금 초밥이 넘어갈 상황은 분명 아니었다.

"그럼 교수 앞이라고 내숭 까는 거냐? 인마, X 같은 약육강식의 세계에서 먹을 기회가 생기면, 죽자 사자 덤벼서 처먹어야지. 누가 네 거 남겨 줄 거 같아? 자기 몫은 자기가 챙기는 거야. 알아들어?"

"네, 명심하겠습니다."

이택진이 힘없이 고개를 떨궜다.

"그래그래. 넌 다 좋은데, 너무 물러 터져서 그게 문제야. 멘탈이 완전 순두부야, 순두부!"

"죄송합니다."

"죄송할 것까진 없고. 다만, 택진아."

고함 교수가 세상 부드러운 어조로 이택진의 이름을 불렀다.

"네, 교수님."

"절대로 양보하지 마라. 챙길 건 확실하게 챙겨. 상대를 못 죽이면 내가 죽는 곳이 이곳 헬조선이야."

"네, 알겠습니다."

"그래, 그럼 나가 봐. 끼니도 못 챙겨 먹을 것 같아서 밥다운 밥 좀 먹이려고 불렀어. 밥 다 먹었으면 꺼져야지."

"네?"

"왜, 모자라? 디저트까지 챙겨 줘야 하나?"

고함 교수는 여전히 사고(?)에 관한 사항은 단 한마디도 꺼내지 않았다.

"아니, 그게 아니라, 김간난 환자……."

이택진이 우물쭈물하다 말문을 열었다.

"할머니 뭐?"

"그게…… 제가 관리를 잘못하는 바람에……."

여전히 기가 죽은 이택진이 말끝을 흐렸다.

"그게 뭐 어쨌다는 거야? 노인네가 의료진 몰래 나가서 사 가지고 와서 자신 걸 어쩌라고?"

"아니, 그래도 제가 철저하게 금식을 시켜야 했는데, 방심했습니다."

"……네가 김간난 할머니 손자라도 되나? 괜한 오지랖 부리지 마. 넌 의사지 보호자가 아니야. 의사로서 할 일을 다했고, 이번 일은 어쩔 수 없는 상황이었어."

"아무리 그래도……."

"어쭙잖은 자책감 가질 것 없어. 이런 정도의 일에 나라 망한 표정을 짓고 앉아 있을 만큼, 흉부외과는 한가하지 않으니까."

"……."

"네 심정은 대충 알겠다만, 주제넘은 자책은 하지 마. 내가 사람을 얼마나 많이 죽였는 줄 알아, 이 손으로?"

"아니, 그건……."

"아니긴 뭐가 아니야? 이런 일로 그렇게 죽상이면 난 이미

한강물에 빠져 뒈졌어야 해. 이택진이, 내 말 잘 들어라."

"네."

"넌 신이 아니야, 의사지. 물론 의사 이전에 사람이고."

"네, 알겠습니다."

"알겠으면 꺼져."

"네, 교수님."

"김윤찬이!"

"네."

"이따가, 이거 가지고 저 어리바리한 새끼 치킨이라도 한 마리 시켜 주든가 해라."

툭, 고함 교수가 테이블 위에 자신의 신용카드를 떨궈 놓았다.

"아…… 네, 알겠습니다."

하지만 이곳 병원의 모든 교수가 고함 교수 같지는 않았다.

변태석 교수 연구실.

"이택진 선생, 김간난 환자 금식시키라는 말 허투루 들은 겁니까?"

김간난 환자의 주치의인 변태석이 퉁명스럽게 물었다.

"······죄송합니다."

"아니, 죄송이고 나발이고 당신들은 항상 이런 식이야. 하지 말라고 하면 하지 말아야 하는 거 아닌가? 우리 과에서 담당할 땐 없었던 사고가 왜 그쪽으로 넘어가니까 터지냐고, 어?"

변태석이 특유의 인상을 쓰며 이택진을 몰아붙였다.

"네, 죄송합니다. 제 불찰입니다."

"아니, 이건 상식 아니냐고. 내가 괜히 금식하라고 했겠어? 감염 위험이 높으니까 그런 거 아냐. 그런데 병원 음식도 아니고 사제 음식을 환자한테 먹이나?"

변태석 교수 역시 이택진의 잘못이 아니라는 걸 안다. 하지만 이택진을 감싸 줄 이유는 눈곱만큼도 없었다.

자기 과도 아닌데 그가 이택진을 품어 줄 이유는 없는 것이다. 그저, 자신과 김간난 할머니가 연관되어 있다는 것이 더 문제였다.

"앞으로 조심하겠습니다."

"그런 말은 나도 해. 이미 사건은 터져 버렸다고! 자네 실수 하나 때문에 수술도 지연되고. 이거 문제가 심각해!"

"죄송합니다."

"그놈의 죄송은 무슨! 그러니까 죄송할 짓을 왜 하나? 만에 하나 환자 측에서 이 일을 트집 삼아 물고 늘어지면 어떡할 거야? 자네가 책임질 거야?"

"네, 제가 모든 것을 책임……."

"아냐, 당신이 책임을 질 능력이나 되고? 아무튼, 이건 그냥 넘어갈 문제가 아니야. 일단 고함 교수와 얘기를 해 볼 테니까 그런 줄 알아."

"네, 교수님."

"하여간, 흉부외과 것들은 진짜! 에이씨!"

변태석 교수가 송곳니를 드러내며 혼잣말을 중얼거렸다.

"당장 나가 봐. 정신 좀 바짝 차리고 다니자고, 이택진 선생!"

"네."

"그만 나가 봐."

빙그르, 변태석 교수가 의자를 돌려 앉으며 손을 내저었다.

다음 날 그리고 또 다음 날, 이택진은 병원에 모습을 드러내지 않았다.

"이택진 선생 뭐야?"

펠로우들을 비롯해 모든 수련의를 한곳에 집합시킨 고함 교수가 천둥 벼락 같은 고함을 질러 댔다.

"……아직 파악하지 못했습니다."

홍순진 선생이 난감한 표정을 지었다.

"너희 돌았구나? 지금 너희가 제정신이야? 동료가 사라졌는데, 아무렇지도 않아? 천하태평이야?"

"그게 아니라, 갈 만한 곳은 전부 찾아봤는데 없습니다."

"이 새끼들아! 네 동생이나 형이 없어져도 그따위 소릴 할래? 경찰에 신고를 하든 말든 어떻게든 찾아야 할 것 아냐? 인정머리 없는 것들!"

화가 머리끝까지 치민 고함 교수의 눈썹이 꿈틀거렸다.

"네, 알겠습니다."

"김윤찬이!"

"네."

"이택진이 부모님은 뭐라셔?"

"네, 이택진 선생이 가출한 걸 모르고 계셔서 모른 체했습니다. 지금 병원에서 당직 서고 있는 줄만 아십니다."

"그나마 그건 잘했네. 괜히 어머님 걱정시켜 드릴 필요는 없겠지. ……그나저나 이택진이 왜 튄 거야, 어?"

"그게……."

홍순진 선생이 우물쭈물 말을 잇지 못했다.

"홍 선생, 어물쩍 넘어가려고 하지 말고 이실직고해! 무슨 일이 있었는데?"

"네, 말씀드리겠습니다. 사실……."

홍순진 선생이 고함 교수에게 어쩔 수 없이 자초지종을 설명했다.

"변태석 교수가 그랬단 말이지?"

고함 교수가 어금니를 악다물었다.

"네, 그렇습니다. 아무래도 그것 때문에 마음 약한 택진이가 튄 것 같습니다."

"알았어. 지금부터 딱 12시간 줄 테니까, 추노꾼을 풀든, 심부름 센터를 부르든 이택진이 내 앞으로 잡아 와. 만약에 이택진이한테 무슨 생기면, 니들도 다 뒈지는지 알아!"

고함 교수는 끝까지 이택진 선생을 탓하지 않았다.

"네에, 알겠습니다."

그리고 고함 교수는 곧바로 변태석 교수 연구실로 발길을 옮겼다.

쾅!

고함 교수가 세차게 문을 걷어차며 변태석 교수 연구실로 들어갔다.

"야이, 변태 새끼야!"

들어가자마자 일단 욕설부터 박고 보는 고함 교수였다.

"뭐? 벼, 변태??"

변태석 교수가 자리에서 벌떡 일어났다.

고함 교수가 건드리지 말아야 할 걸 건드려 버렸다.

"그래, 네 이름이 변태잖아? 뭐 잘못됐냐?"

"그러면 끝까지 똑바로 불러! 혀가 짧냐? 내가 늘려 줘?"

변태석 교수가 발끈하며 나섰다.

"그래, 제대로 불러 주지. 변태……석 교수님!"

"아주 쑈를 하는구나. 하여간, 무식한 것들은 어딜 가도 티가 난다니까? 이게 무슨 교양 없는 짓입니까, 교수씩이나 되어 가지고. 에이!"

변태석 교수가 어이없다는 듯이 혀를 찼다.

물론 존대를 하는 이유는 빈정거림이었다.

"교양 같은 소리 하고 자빠졌네. 남에 새끼 데려다가 개지랄 떤 건 교양 있는 짓이고?"

"잘못했으면 혼을 내야지."

"그건 네가 할 일이 아니라 내가 할 일이고."

"뭐 엎치나 메치나."

"인간아, 이 바닥도 상도가 있는 법이야. 교수씩이나 되어 가지고 이게 무슨 추태냐?"

"아하……! 소식 들었다. 이택진이가 가출했다면서? 추노꾼은 뿌려 뒀나?"

변태석 교수가 한쪽 입꼬리를 말아 올리며 비아냥거렸다.

"가출했다면서?? 야! 솔직히 인간적으로 가족은 건드리지 않는 것이 이 바닥 법도야. 나도 가만있는데, 왜 네가 나서서 설쳐?"

"고 교수가 새끼들 끔찍이 아끼는 건 눈물 나도록 감동이긴 한데, 당신이 그렇게 감싸고도니까 천방지축 날뛰는 거야. 똥인지 된장인지 알려는 줘야 할 것 같아서 내가 나섰다."

"미치겠다. 그건 내가 알아서……. 됐고! 정 심심하면 야동이나 처보지, 왜 애는 데려다가 잡도리를 하는 건데? 너네 애들이나 잘 간수해, 괜한 오지랖 피우지 말고."

"……너, 야동 얘기 하지 말라고 했지? 주둥이를 비벼 버린다!"

뒤로 물러설 생각이 없는 변태석 교수였다.

"내가 틀린 말 했냐? 야동쟁이한테 야동 얘기하지 다큐멘터리 들먹일까? 아, 하긴, 다큐멘터리도 동물의 왕국만 보지?"

"뭐, 뭐라고?"

"너 이 새끼, 너 동물들 교미하는 것만 편집해 보잖아, 이 변태 새끼야."

"너, 너 진짜 자꾸 이럴래?"

"그러니까 내 새끼를 왜 건드리냐고! 자식새끼가 처맞고 들어왔는데, 가만있을 부모가 있냐? 어?"

고함 교수가 광대를 씰룩이며 언성을 높였다.

"하여간, 가관이다. 무슨 조폭도 아니고. 그래서 유치하게 따지러 왔냐? 평소 떠들었던 대로 팔이라도 하나 가져갈래? 칼은 가져왔고?"

"뭐라고?"

"이보세요, 고함 교수님! 우리 대가리는 빠구라도 사리 분

별은 똑바로 하고 삽시다. 그 환자, 원래 우리 환자였어. 그만큼 나한테도 책임이 있는 거라고."

"좋아……. 그래서 우리 택진 선생이 뭘 잘못했는데?"

"……그걸 진짜 몰라서 묻는 거야?"

"몰라. 그러니까 씨불이라고! 뜸 들이지 말고."

"기본이 안 되어 있잖아. 진료 매뉴얼은 폼으로 있는 겁니까?"

"그러니까 이택진 선생이 뭘 잘못했냐고?"

"금식 환자에게 밥 준 게 잘못이 아닌가?"

"어이없네! 이택진이가 밥을 준 게 아니잖아?"

"이보세요, 고함 교수님! 기본을 좀 지킵시다. 금식 환자는 밥을 먹으면 안 되는 겁니다. 그런데 환자가 이를 어겨서 탈이 났어요. 그러면 주치의가 그 책임을 지는 겁니다. 과정과 변명 따위는 필요 없어요. 환자가 위험에 처했다는 것이 팩트죠."

변태석 교수가 작정한 듯 목소리 톤을 높였다.

"본인이 몰래 사다 먹은 걸 어떻게 하란 말이야?"

"그건 당신들 사정이고, 금식 환자는 음식을 금해야 하는 것이 원칙이야. 그 원칙만 지키면 돼! 우리 애들은 철저하게 잘 지켰는데, 너희 과 애들은 왜 그게 안 되냐? 글을 못 읽어? 매뉴얼 읽을 줄 모르냐고?"

"이봐, 변태……석 교수! 우린 심장내과처럼 한가하지가 않아! 24시간 빈둥거리면서 야동이나 볼 시간이 없다는 거 몰라?"

"불리하면 야동이냐? 지금 상황에 야비하게 그걸 거기다 갖다 붙여?"

"너 팩트 좋아하잖아? 이건 팩트거든."

"하아, 진짜 무식한 칼잡이들이랑 상종을 말아야지. 여기 진료 매뉴얼 확인해 봐. 금식 환자는 어떻게 관리해야 하는지, 잘 써 있으니까. 왜 우리 과에선 아무 일이 없었는데, 고교수 과로 트랜스퍼시키자마자 이런 일이 일어날까?"

"……너 자꾸 이럴래? 솔직히 말해 봐. 네 직속 후배였어도 그랬을까?"

"지금 그 소리가 왜 나와!"

"이택진이 연희 출신이었어도 이렇게 막 대했을 거냐고 물어보는 거야!"

"뭐…… 솔직히 전혀 그런 점을 배제할 순 없지."

"뭐라고? 터진 입이라고 말 함부로 하지 마라!"

"이보세요, 교수님! 제발 감정적으로 대응하지 마시죠? 솔직히, 흉부외과야 갈 데 없는 온갖 잡놈들 거둬 먹이는 곳 아냐?"

"……한심한 인간! 너, 여전하구나?"

"뭐, 여기서 이러쿵저러쿵 정의감이니 뭐니 떠들거면 가세요."

변태석 교수가 귀찮다는 듯이 손을 내저었다.

"너, 정말 나이 헛먹었구나?"

"그런 건 모르겠고, 이택진이 의료 매뉴얼을 어긴 건 맞고, 그에 맞는 책임을 지면 되는 거야."

"너, 정말 김간난 환자가 죽을 먹어서 어레스트가 왔다고 생각하는 거냐?"

"글쎄다?"

흠흠, 변태석 교수가 헛기침을 했다.

"하여간 너, 만약에 이택진이한테 무슨 일이라도 생기면, 내 손에 죽을 줄 알아."

"무섭네, 무서워. 걱정 마라. 경험상 어디 바다 같은 데 가서 개똥폼 좀 잡다가 무사히 돌아올 거다. 원래 다 그랬으니까."

"그 말 책임지도록 해라."

고함 교수가 검지를 들어 변태석을 가리켰다.

"기어 올 거라고, 걱정 붙들어 매셔. 그나저나 고 교수가 환자 직접 케어해. 이거 밖에 알려지면 개망신이니까."

"신경 꺼."

"다 죽어 가는 환자 살려 났더니, 도로아미타불을 만들어 놔? 젠장!"

변태석 교수가 한심하다는 듯이 혀를 찼다.

쾅!

그의 말이 끝나기도 전에 고함 교수가 문을 박차고 나갔다.

♥

흉부외과 의국.

"야, 이택진 선배 튀었다면서?"

이미 의국에도 소문이 퍼진 상황이었다. 2년 차 장진영이 1년 차 윤태섭에게 속닥거렸다.

"네네, 심장내과에서 한 소리 들었나 봐요."

"어휴, 변태석 교수면 가만있을 사람이 아니지, 가뜩이나 우리 과 못 잡아먹어서 안달인 사람인데."

"어휴, 이택진 선배가 완죤 꼬투리를 잡혔네요."

"그러게. 하여간 이택진 선배는 매사 하는 일이 왜 그럴까? 너무 칠칠맞지 못해. 하여간 타 학교 출신은 받질 말아야 하는데."

"그래도 김윤찬 선배는 잘하잖아요?"

"그거야 뭐, 고함 교수가 싸고도니까 그렇지. 거품이야, 거품."

"이보세요, 선생님들! 이거 너무 뒷담화가 심한 것 아닙니까?"

그 순간, 근엄한 표정의 김은숙 간호부장이 뒷짐을 진 채

나타났다.

"아, 네. 부장님!"

김은숙 간호부장의 권위를 알기에 레지던트들이 부동자세를 취했다.

"그렇게 뒷담화를 즐기시면 곤란하죠, 같은 과 식구끼리."

"아, 네. 그게 아니라……."

장진영이 입을 틀어막았다.

"어허! 진영 쌤 형이었어도 그렇게 할래요?"

"아, 죄송합니다."

"택진 선생의 잘못이 아니라는 거, 누구보다 잘 알잖아요? 그리고 김간난 환자 금식시키는 것이 택진 선생만의 몫입니까, 그래요? 장진영 선생님도 서브 담당 아닌가요?"

김은숙 간호사가 눈에 힘을 주었다.

"아, 네. 맞습니다."

장진영이 민망한 듯 시선을 떨궜다.

"우리 간호부에서도 최대한 입조심하려고 노력하고 있어요. 그래서 지금까지 그 누구도 탓하지 않았다는 거 몰라요?"

"죄, 죄송합니다."

"게다가 택진 쌤은 이 모든 일의 책임을 오롯이 자기가 떠맡았어요. 혹시나 우리 간호부나 쌤들에게 불똥이 튈까 봐 전전긍긍했는데, 이러면 너무 배신 아닌가?"

"저, 정말요?"

"당연하죠. 택진 쌤한테 우린 같은 식구니까요. 그런데 이렇게 뒷담화에 열중하면 되겠어요?"

김은숙 부장이 입술을 일자로 만들며 꾸짖었다.

"죄송합니다. 전 그런 줄도 모르고……."

"지금 가장 가슴이 아픈 사람은 택진 쌤이에요. 택진 쌤이 김간난 환자 대하는 거 보면 잘 알잖아요."

"네에……."

민망했던지 레지던트들의 목소리가 기어들어 갔다.

"네, 알면 됐어요. 택진 쌤 복귀하면 분위기 이상하게 만들지 말고 평소처럼 대해 줘요. 아무 일 없다는 듯이."

"네에, 알겠습니다. 그나저나 부장님, 심장내과에서 가만 있을까요? 이 일로 인해 사사건건 트집을 잡을 텐데."

"그거야, 고함 교수님이 알아서 하겠죠. 우린 우리 일만 열심히 하면 돼요."

"네, 알겠습니다."

"아무튼, 괜한 소문 퍼트리지 말고 다들 자중합시다."

"네, 부장님!"

김은숙 간호부장의 마음 역시, 고함 교수와 같았으리라.

그리고 그날 밤.

아쉽게도(?) 변태석의 말대로 이택진은 병원으로 돌아왔다.

녀석이 가는 곳은 뻔했다.

학부 때도 뭔가 문제가 터지면 언제나 찾아갔던 곳.

모교에서 얼마 떨어지지 않은 바닷가였다.

난 장대한 선생, 홍순진 선생과 함께 추노꾼(?)이 되어 녀석을 잡아왔다.

고함 교수 연구실.

"어서 와라, 이 축복받을 새끼야."

와락, 이택진이 우물쭈물 연구실로 들어오자 고함 교수가 그의 양팔을 끌어당겼다.

"교수님, 죄송합니다."

고함 교수의 뜻밖의 반응에 이택진이 어쩔 줄 몰라 했다.

"새끼, 얼굴이 반쪽이 됐네. 밥은 먹고 다닌 거냐?"

"죄송합니다."

흑흑흑, 녀석이 어깨를 들썩이며 흐느꼈다.

"욕봤다. 바깥바람 좀 쐬니까 응어리가 풀리던?"

세상 무식하기만(?) 했던 고함 교수. 수련의들 잡도리만 할 줄 알았던 이 양반, 오늘은 한없이 따뜻하기만 했다.

집 나갔다가 돌아온 아들을 맞이하는 아버지처럼, 그는 따뜻하게 이택진을 맞아 주었다.

"네에. 조, 조금 나아졌어요."

"하하하, 그럼 됐다. 어휴, 이 축복받을 놈아! 네 녀석이 없으니까 흉부외과가 제대로 돌아가질 않아! 완전히 상갓집이었다니까?"

"헤헤, 그렇습니까?"

"그래그래. 약방에 감초가 빠지니까 이거 뭐, 영 허전해서 살 수가 있어야지. 우리 택진 선생이 완죤 우리 과의 마스코트야."

"가, 감사합니다."

꼬르르.

그 순간 들리는 배꼽시계 소리. 이택진의 배가 요동치는 소리였다.

"어휴, 칠칠맞지 못한 놈! 김윤찬 선생!"

"네, 교수님."

"너도 아직 식전이지?"

"네에, 그렇습니다."

"잘됐네. 나도 식전인데."

"늦었는데, 아직 식사 안하셨습니까?"

"인마, 자식새끼가 집에 안 들어왔는데, 나 혼자 밥이 목구멍으로 넘어가?"

"아, 네."

"지금 당장, 청수옥에 전화해서 뜨끈한 국밥 세 그릇 말아 가지고 오라고 해. 편육 꾹꾹 눌러 담아 가지고!"

"네, 알겠습니다."

오늘도 고함 교수는 이택진에게 아무런 말도 하지 않았다.

그저 집 나갔다 돌아온 아들에게 잔소리 대신 뜨끈한 집밥을 챙겨 주는 어머니처럼 말이다.

그렇게 우리 셋은 게 눈 감추듯 국밥을 해치운 후, 오랜만에 각자의 집으로 향했다.

♥

이건 뭔가 이상해.

금식해야 할 환자에게 음식을 먹게 한 건 분명 문제가 될 수 있지만, 그렇다고 이 정도로 심하게 부작용이 있지는 않을 거다.

즉, 어레스트가 올 정도는 분명 아니라는 뜻이다.

게다가, 가슴과 복부의 발진은 뭔가?

그리고 혈뇨는 또 왜?

아무리 생각해도 이상한 점이 한두 가지가 아니었다.

가슴과 복부의 발진, 그리고 혈뇨라······.

혈뇨가 보였다는 건, 신장에 치명적인 문제가 있다는 건데······.

할머니 신장 상태가 좋지 않지만 그렇다고 이 정도는 아니었는데 말이야.

휘리릭, 난 책장에 꽂혀 있는 의학 서적을 꺼내 뒤적거리기 시작했다.

어? 이게 뭐야??

그리고 그렇게 페이지를 넘기던 어느 순간, 뭔가 이상한 일이 벌어졌다.

책장을 넘겨 345p에 다다르자 갑자기 매직아이처럼 글자가 튀어나오는 것이 아닌가?

NSCLC.

즉 non small cell lung cancer(비소세포암)이었다.

놀랍게도 수많은 글자 중에서 NSCLC만이 도드라져 보였다.

뭐지? 내가 잘못 본 건가?

한참 동안 눈을 비비고 난 후에도 역시나 글자는 튀어나와 보였다.

비소세포암이 왜??

환자의 몸에 손을 대면 뜨거움을 느끼는 것과 같은 현상인가?

만약에 일련의 기연과 연관된 것이라면, 비소세포암이란 글자가 도드라져 보이는 데는 이유가 있다는 건데…….

아무튼 최근 들어 나에게 이상한 현상들이 일어나고 있었다.

💗

이기석 교수 연구실.

다음 날, 이기석 교수가 급히 나를 자신의 연구실로 호출했다.

"……이거 문제가 좀 심각한데?"

차트를 살펴보던 이기석 교수의 얼굴에 근심이 가득했다.

"무슨 문제라도 있습니까?"

"705호 김만식 환자 말입니다."

"비소세포암으로 항암 치료를 받고 있는 환자 말씀이십니까?"

"그래요. 워낙 암 덩어리가 커서 일단 항암부터 시작해서 PV(Pharmacovigilance, 약물 감시)를 하고 있는데, 부작용이 너무 심하군요."

비소세포암? 그리고 부작용??

난 반사적으로 어젯밤 일을 떠올릴 수밖에 없었다.

"어떤 부작용을 말씀하시는 겁니까?"

"……그게 온몸에 붉은 발진이 생겨서 피부과에 의뢰했더니 약진(약물 발진)이라는군요."

"약물 발진이요?"

"그렇습니다."

"혹시, 복부와 가슴 부위에 생기는 발진을 말씀하시는 겁니까?"

"윤찬 선생도 봤습니까? 담당의도 아니지 않습니까?"

"아, 네. 그냥 좀 궁금해서요. 그런 케이스를 본 것 같아서요."

난 지난 응급 상황 때, 김간난 할머니도 똑같은 증세를 보였던 것을 떠올렸다.

"그렇군요. 아무튼, 온몸으로 퍼지는 추세라서 환자가 굉장히 고통스러워하고 있어요."

"아…… 또 다른 부작용도 있나요?"

"당연히 있죠. 사실 이게 더 큰 문제인데, 헤마투리아(혈뇨)요."

"네?? 혈뇨요?"

"그렇습니다. 헤마투리아가 가장 큰 문제예요. 김만식 환자 신장에는 아무 문제가 없었거든요. 그런데 며칠 전부터 올리규리아(핍뇨 : 소변의 양이 현저히 줄어드는 현상)를 호소하더니, 어제는 혈뇨를 쏟아 내더군요."

차트를 넘겨 보던 이기석 교수의 표정이 난감해 보였다.

피부 발진에 혈뇨까지? 그리고 비소세포암이라…….

"혹시, 무슨 약을 쓰셨습니까?"

"제네브라(비소세포암 항암 치료제)를 썼어요."

"제네브라요?"

"그래요. 미국에서 개발해 최근에 FDA에서 통과된 고가의 항암제입니다. 국내 임상도 끝마쳐 상용화된 약이죠."

제네브라.

너무나 잘 알고 있는 항암 치료제다. 돌연변이를 표적으로 삼아, 선택적으로 괴멸시키는 티로신키나제 억제제였다.

항암 효과는 탁월했지만, 그 대가로 상당한 부작용을 야기하는 약제였다.

그 부작용이 바로 피부 발진과 혈뇨였던 것.

"제네브라를 쓰셨다는 거죠?"

"그래요. 성능은 탁월한데 부작용이 좀 있네요. 이게, 면역력이 강한 젊은 환자의 경우에는 크게 문제가 되질 않는데, 고령층이나 면역력이 떨어진 환자에겐 매우 리스크가 큽니다. 아무래도, 좀 더 검증이 필요할 것 같군요."

"아, 네. 그러면 교수님, 제가 뭐 하나만 여쭙겠습니다."

"뭔데요?"

"방금 고령의 환자들에겐 매우 치명적이라고 하셨는데, 이 약의 부작용으로 인해 어레스트가 올 수도 있습니까?"

"물론입니다. 그래서 고령층이나 기저 질환이 있는 환자들에겐 신중을 기하는 거고요. 김만식 환자의 경우, 비소세포암을 앓고 있다는 것 말고는 컨디션은 꽹장히 좋은 편이었거든요."

"아, 네."

"그럼에도 불구하고, 상당한 부작용에 시달리는 걸 보면 알 수 있죠. 고령의 환자의 경우는 치명적일 수 있습니다."

"비소세포암에 걸리지 않은 환자라면요?"

"하하하, 넌센스! 암 환자도 아닌데 항암제를 쓴다는 것 자체가 말이 되지 않잖아요? 누가 그런 어리석은 짓을 한답디까?"

이기석 교수가 어이없다는 듯이 고개를 내저었다.

"만약에 누군가가 그런 어리석은 짓을 했다면요?"

"……당연히 의사 가운 벗어야죠. 그건 실수라는 범주를 넘어서는 살인 행위입니다. 의사로서 그런 실수는 있을 수 없는 겁니다."

"그렇죠?"

"물론입니다. 암에 걸리지도 않은 노령의 환자에게 항암제를 투여한다고요? 그런 미친 짓이 세상에 어디 있습니까? 설마, 우리 병원에서 일어난 일은 아니겠죠? 해외 토픽감인데요?"

이기석 교수가 말도 안 된다는 표정을 지었다.

"네, 지금 그랬을 수도 있다는 생각이 드는군요."

"뭐, 뭐라고요?"

"어쩌면 우리 병원에서 교수님께서 말씀하신 그 말도 안 되는 일이 일어났을 수도 있습니다."

"확실합니까?"

이기석 교수의 표정이 완전히 굳어 버렸다.

"아직까진 제 추측이긴 하지만, 상당히 의심스럽네요."

"추측이라……. 어디, 그 추측이 얼마나 합리적인지 들어나 봅시다."

"실은……."

난 이기석 교수에게 지난번 김간난 할머니의 응급 상황에 대한 내용을 자세히 설명했다.

"음……. 김간난 환자가 피부 발진에 혈뇨를 봤다는 겁니까?"

이기석 교수가 심각한 표정으로 물었다.

"네, 그렇습니다."

"그래서 지금 우리 병원 의료진 중 누군가가 김간난 환자에게 제네브라를 잘못 처방한 것일 수도 있다는 거고요?"

"가능성을 배제할 순 없을 것 같습니다."

"……음, 그렇군요. 그러면 누가 그런 엄청난 실수를 했다는 겁니까?"

"지금부터 알아내야죠."

"그냥 가볍게 넘길 문제가 아닌데?"

"그렇습니다."

"그래서 어떻게 하겠다는 겁니까?"

"그래서 여쭙는데요, 제네브라의 사용 내역은 철저하게 관리되고 있는 거겠죠?"

"물론입니다. 고가의 약제이기도 하고 항암제이니 철저하게 관리되어야 하죠."

"1회 사용량은 95mmg이 맞습니까?"

"잘 알고 있군요. 정확히 맞습니다."

"1회 사용량을 넘기게 되면요?"

"그건 말이 안 되죠. 정량대로 투여되어야 합니다. 기본 중에 기본 아닙니까?"

"그렇죠?"

"그렇습니다. 약별로 식별 번호가 있어서 중복 사용은 불가합니다. 그렇게 되면 의료사고죠."

"그렇군요. 알겠습니다."

"……도대체 어떻게 하려는 겁니까?"

"김간난 할머니가 쓰러지신 정확한 이유를 밝혀야 하지 않겠습니까? 이 일로 할머니는 물론이고 이택진 선생도 굉장한 정신적 고통을 받았어요. 지금도 여전히 트라우마에 시달리고 있습니다."

"그렇겠죠. 자신 때문에 할머니가 돌아가실 뻔했는데, 왜 안 그러겠습니까?"

이기석 교수가 동의한다는 듯이 고개를 끄덕였다.

"그래서 말인데, 교수님이 도와주셨으면 좋겠습니다."

"제가 뭘?"

"제나브라 사용 이력을 확인해 주십시오. 전, 아직 전문의 신분이 아니라 확인할 수 없습니다."

"……그래요. 그거야 뭐, 어려운 일은 아니지만, 과연 정말로 그런 오남용이 우리 병원에서 일어났을까요?"

"저도 아니길 바랍니다."

"흐음, 도대체 뭐가 어떻게 돌아가는 건지. 이건 우리 같은 대학 병원에선 있을 수 없는 일입니다. 당연히 있어서도 안 되는 일이고요."

"네, 저도 그렇게 생각합니다. 저도 아니길 바랍니다."

"그래요. 일단 확인할 건 해 봐야겠지요."

"그나저나 고함 교수님께는 말씀드리지 않는 것이 좋을 것 같습니다. 워낙 다혈질적인 분이셔서 어디로 튀실지 감을 잡을 수 없어서요. 교수님과 저만 알고 있는 것으로 했으면 좋겠습니다."

"그래요. 저도 동감입니다. 가뜩이나 이택진 선생 일로 심기가 불편하신데, 확실하지도 않은 일로 병원 시끄럽게 할 필요는 없죠."

"네, 감사합니다."

"그래요. 바쁠 텐데 이만 일 봐요."

"네. 아! 참고로 김간난 할머니는 우리 과로 트랜스퍼되기 전에 심장내과에 계셨습니다."

"흠흠, 심장내과라……. 하아, 이거 참, 일이 묘하게 흘러가는군요."

이기석 교수가 심각한 표정으로 아랫입술을 잘근거렸다.

"그럼 전 이만 나가 보겠습니다."

"그래요. 연락하겠습니다."

김간난 할머니 병실.

중환자실에 입원했던 김간난 할머니. 고함 교수와 이택진의 극진한 치료 덕에 서서히 몸을 회복해 일반 병실로 옮길 수 있었다.

"택진 선상, 나가 너무 잘못했구먼. 내가 면목이 없어."

김간난 할머니가 민망한 듯 이택진과 눈조차 마주치지 못했다.

"됐어! 다 지난 일인데 뭐."

"……아이고, 내가 노망이 났는가 벼. 먹지 말라고 하면 처묵지 말아야지. 내가 왜……."

김간난 할머니가 땅이 꺼져라 한숨을 내쉬었다.

"괜찮대두. 앞으로 조심하면 돼."

이택진이 부드럽게 김간난 할머니의 손을 잡아 주었다.

"정말 괜찮은 겨? 그, 고함 교수님 성질이 지랄 같던디, 혼나지는 않은 겨? 목소리가 기차 화통을 삶아 먹었나, 천둥소리 같더만."

여전히 이택진이 걱정되는 모양이었다.

"혼나긴, 내가 무슨 어린앤가 혼나게? 나도 이제 먹을 만큼 먹은 나이야. 그리고 고함 교수님, 겉보기엔 그래 보여도 속정이 많으신 분이야. 혼나기는커녕, 초밥도 얻어먹었는걸."

"참말이여?"

"그러엄! 내가 왜 간난 씨한테 거짓말을 해?"

이택진이 정색하며 손을 내저었다.

"그런데 왜 이렇게 양 볼이 홀쭉하게 빠진 겨? 우리 택진 선상은 통통하니 귀여운 뽈살이 매력인디?"

김간난 할머니가 유심히 이택진의 안색을 살폈다.

"그래 보여? 아닌데?"

자신의 얼굴을 손으로 만져 보는 이택진.

"그랴, 그게 우리 택진 선상의 매력 뽀인트지. 나가 그거 때매 우리 남편한테 홀라당 넘어간 거 아녀."

"후후후, 그랬어? 할아버지도 나처럼 볼이 통통했어?"

이택진이 김간난 할머니의 담요를 끌어 올려 주었다.

"암만, 당연하지. 얼매나 귀여웠는디……. 그나저나 밥은 먹고 댕기는 겨?"

진심으로 걱정하는 김간난 할머니의 눈빛이었다.

"그럼! 당연하지. 나는 잘 먹고 다니니까 간난 씨는 그런 걱정 하지 말고 몸이나 챙기셔. 그래야 나랑 데이트할 거 아냐?"

"홀홀홀, 덕수궁 돌담길?"

김간난 할머니의 웃음에 쇳소리가 묻어 나왔다.

"그래, 덕수궁 돌담길! 우리 손 꼭 붙잡고 소풍 가기로 했잖아."

"신나는구먼. 내가 매일 밤, 천지신명께 기도드리고 있당께. 딱, 우리 택진 선상이랑 손잡고 덕수궁 한 번만 놀러 가면 소원이 없겠다고 말이여."

"어휴, 또 그런다! 왜 한 번이야? 다음에 가고 그다음에 또 가면 되지."

"워매, 좋은 거! 나가 그런 호사를 누려도 될라나?"

눈꺼풀이 흘러내려 반쯤 덮인 김간난 할머니의 눈빛이 애잔했다.

"그럼, 당연하지. 우리 고함 교수님이 성질은 그래도 우리나라 최고 써전이야. 걱정 마."

"싸전? 고함 교수님이 쌀을 파는감?"

"하하하, 아니, 아니. 그런 게 아니고 외과 의사를 영어로 써전이라고 해. 싸전이 아니라 써전!"

"아…… 그런 겨?"

"그래, 그러니까 아무 걱정 말고 푹 주무셔."

"알았어. 앞으로는 우리 택진 선상 말 잘 들을게."

"그래 주면 고맙고."

그날 밤, 이택진은 김간난 할머니가 잠이 들고 나서야 병실을 빠져나왔다.

−김윤찬 선생! 빨리 내 방으로 오세요.

"네, 혹시 뭐가 좀 나왔습니까?"

−음……. 자세한 건 만나서 얘기합시다.

"네, 알겠습니다, 교수님."

그리고 이틀 후, 이기석 교수가 나를 자신의 연구실로 호출했다.

이기석 교수 연구실.

"음……. 이거 불길하게 김윤찬 선생의 말이 맞을지도 모르겠군요."

이기석 교수의 얼굴이 사뭇 침통했다.

내가 부탁했던 일을 확인했던 모양이었다.

"왜 그러십니까?"

"좋아요! 시간 끌 것 없이 결론부터 말씀드리죠. 환자는 하나인데 소비된 건 두 사람 몫입니다."

병원에서 사용되는 주요 약품의 로그를 확인할 수 있는 몇 안 되는 사람. 그중 한 명이 이기석 교수이기에 모든 걸 확인할 수 있었다.

"네? 그게 무슨 말씀이세요?"

이미 이기석 교수의 의도를 파악했지만, 확인 사살을 할 필요가 있었다.

"······아무래도 심장내과에서 실수를 한 것 같아요. 아니지, 이건 실수라고 하기엔 너무 크죠. 김윤찬 선생의 생각이 맞는 것 같군요."

결국, 이거였나?

제발 아니길 바랐는데.

"교수님, 좀 더 자세히 설명을 해 주셨으면 좋겠습니다."

드르륵, 난 의자를 바짝 당겨 앉았다.

"그러죠. 자료 확인을 해 봤는데, 불길한 예감이 맞아 들어간 것 같군요. 100% 확신할 순 없지만······."

이기석 교수가 굳게 다물었던 입술을 떼고는 내게 자초지종을 설명했다.

"······그러니까, 심장내과에 입원했던 환자 하나가 비소세포암이 발견되었고 당장 수술을 할 수 없으니, 제네브라를 투여했다는 거죠?"

"그렇죠. 그런데 환자는 하나인데 투약량은 두 배예요. 즉 지난달 24일부터 26일까지 적정량의 두 배가 투입된 거죠."

"동일 환자에게요?"

"아니, 그랬음 차라리 낫죠."

이기석 교수가 천천히 고개를 흔들었다.

"동일 환자가 아니라면······. 어? 지난달 24일에서 26일까지면 김간난 할머니도 심장내과에 입원해 계셨을 텐데요? 맞아요, 확실합니다. 그 당시 김간난 환자도 심장내과에서 진료를 받았습니다."

"네, 바로 그거예요. 내가 그래서 문제가 더 심각하다는 겁니다."

"음……. 그렇다면 이유는 모르겠지만, 일정 기간 김간난 할머니에게 제네브라를 처방했을 수도 있겠군요?"

"그렇다고 볼 수 있죠. 물론, 100% 확신을 할 수는 없지만 말이죠. 흔하진 않지만 가끔 이런 사고가 일어나긴 하죠."

"맞습니다. 비근한 예로 우리 병원 신장내과에서도 가바펜틴(항간전제)을 잘못 투여한 케이스가 있었어요. 다행히 가바펜틴이 부작용이 있는 약은 아니었고, 투입 용량도 적어 큰 문제가 되진 않았지만요."

"그런데, 이건 케이스가 달라요. 제네브라 3회분을 오용했다면 얘기가 달라집니다."

"그렇군요. 그나저나 설마……."

"지금 김윤찬 선생이 무슨 생각을 하는지 잘 알아요. 저도 그게 가장 마음에 걸리는군요. 실수도 용납할 순 없지만 이를 알고도 심장내과에서 은폐하려고 했다면, 그건 도저히 용납이 안 돼요."

"설마 그렇게까지 했겠습니까?"

"아니죠. 데이터를 조작한 흔적이 보여요."

"네? 그게 무슨 말씀이십니까?"

"제가 환자는 하나인데, 투약량이 두 배라고 했죠?"

"네."

"그런데 유령 환자가 하나 더 있어요."

"유령 환자요? 그게 무슨 말씀이십니까?"

"우리 병원에 입원한 적이 없는 환자 하나가 리스트에 있습니다. 결국, 누군가의 손이 탔다는 거죠."

"후우, 이건 좀 납득이 안 되는군요."

"음, 일단 김간난 환자 혈액 샘플 좀 채취해 줘요. 그러면 좀 더 명확해질 겁니다."

"네, 알겠습니다, 교수님."

"일단 혈액 샘플이 나오기 전까지는 고함 교수에게는 알리지 맙시다. 괜히 긁어 부스럼 생길 수 있어요. 그들에게 뭔가를 대비할 시간을 벌어 주면 안 되니까요."

고함 교수가 다소 충동적(?)이었다면 이기석 교수는 치밀했다.

다혈질적인 고함 교수에 반해 이성적인 이기석 교수. 그는 확실히 고함 교수의 부족한 점을 메워 주는 좋은 파트너였다.

이 두 사람이라면…….

충분히 내가 믿고 따를 수 있을 거란 생각이 들었다.

"네, 그렇게 하겠습니다."

"이건 의사로서 기본을 무시한 행위입니다. 만약에 이 모든 것이 사실이라면, 의사 가운을 입어서는 안 되죠."

"……같은 생각입니다."

♥

설마 했지만 역시나였다.

김간난 할머니의 혈액검사 샘플에서 제나브라 성분이 검출된 것.

이제, 모든 것이 명확해진 순간이었다.

결국, 이렇게 된 이상, 고함 교수에게도 숨길 수 없는 상황이었다.

"이 교수, 이게 사실이야?"

고함 교수의 얼굴이 곧 터질 것같이 부풀어 올랐다.

"그렇습니다. 김간난 환자 혈액 샘플 결과입니다. 제나브라 성분이 검출되었어요. 잔존량으로 볼 때, 최소 3회분 정도가 투여된 것 같습니다."

"미치겠군. 색전증 환자한테 항암제를 투여해? 그것도 세 번이나!"

고함 교수가 송곳니를 내보이며 울분을 터뜨렸다.

"어떻게 하실 생각이십니까?"

"뭘 어떡해? 당연히 병원 윤리위원회에 회부해야지. 이런 빌어먹을 짓을 한 놈들을 가만 놔둬?"

"……음, 하지만 이건 단지 심장내과의 문제만은 아닙니다. 병원 전체로 볼 때도 엄청난 타격을 입을 수 있는 사안이에요."

"그렇다고 가만 놔둘 수 있나? 이건 그냥 두고 볼 일이 아니야."

고함 교수의 입장에선 여지가 없는 사건(?)이었다.

"저도 같은 생각입니다. 당연히 잘못을 했으면 응당한 대가를 치러야 맞겠지요. 하지만……."

"하지만 뭐? 실수를 했으면 깨끗이 실수를 인정하고 용서를 구해야지, 그걸 감춰? 이런 쓰레기 같은 것들에게 무슨 하지만이야?"

고함 교수가 당장이라도 뛰쳐나가 멱살을 잡을 기세였다.

"제가 알고 있는 변태석 교수라면 그 부분은 아닐 겁니다."

"그 부분이라면?"

"사건을 은폐하려고 했던 것이요."

"음……. 하긴 변 교수가 말은 그렇게 해도 그런 비양심적인 일을 할 사람은 분명 아니긴 해. 그건 나도 인정하는 바이지."

"그러니까요. 제가 알고 있는 변태석 교수도 그렇습니다. 아마도 변태석 교수는 이 일을 모르고 있을 수도 있습니다. 아니, 어쩌면 스태프들이 고의적으로 숨겼을 수도 있죠."

"그래서?"

"비록 라이벌 관계에 있지만, 우리 과 역시 심장내과의 지원이 없으면 힘들어질 겁니다."

"그래서 어물쩍 넘어가자고??"

고함 교수가 눈을 부라렸다.

"그럴 리가요."

"그럼 어떻게 하자는 거야?"

고함 교수가 답답하다는 듯이 목소리 톤을 높였다.

"스스로 모든 것을 인정하게 해야 합니다. 외부에서 찔러 들어가면 방어하기 마련입니다. 어쨌든, 변 교수님도 심장내과 사람이니까요."

"……음, 그러니까 변 교수에게 공을 넘기자 이건가?"

"그렇습니다. 최소한의 양심을 지킬 수 있는 길을 터 주자는 겁니다."

"그러다 만약에 변 교수가 인정 안 하면? 괜히 알려 줬다가 시간만 벌게 해 주는 거 아닌가?"

"그럴 분이 아니라는 건, 교수님도 잘 아시지 않습니까? 설사 그런다 해도 무슨 큰 의미가 있겠습니까? 어차피 모든 증거는 확보된 상황입니다. 그때는 시간 끌 것 없이 바로 윤리위에 회부하면 됩니다."

"그러니까 나보고 변태석 교수를 한번 만나 보라는 건가?"

"그렇습니다. 최소한의 자존심은 지켜 주자는 겁니다."

"……음, 썩 내키는 방법은 아니지만 자네 말도 일리가 있으니까 그렇게 해 보겠네."

'네, 잘 생각하셨습니다.'

"그나저나 김간난 환자 수술 때, 자네가 퍼스트에 서 주는 거야. 알지?"

"후후후, 그럼요. 누구 명이라고 거역하겠습니까? 기꺼이 그렇게 해 드리죠."

"이 사람, 이제 한국 사람 다 됐네. 슬슬 비위 맞출 줄도 알고."

"그런가요? 저 원래 한국 사람입니다."

"하하하, 그런가? 난 겉만 조선인이고 속은 미국 놈인 줄 알았지."

하여간 말 거칠게 하는 데는 위아래가 없는 고함 교수였다.

"거기서 놈 자는 좀 빼 주시죠?"

흠흠, 이기석 교수가 언짢았는지 연신 헛기침을 했다.

"아, 미안! 내가 워낙 습관이 돼 놔서. 앞으로는 조심함세."

고함 교수가 머쓱한지 한 손을 들어 올렸다.

"네, 그래 주시면 좋겠습니다. 그리고 하나 더, 드릴 말씀이 있습니다."

"뭔가? 말해 봐."

"이번에 김간난 환자 일도 김윤찬 선생의 공이 큽니다."

"음, 그래?"

고함 교수가 의외로 담담하게 받아들였다.

"네, 김윤찬 선생이 김간난 환자에게 항암제가 오용된 것을 밝혀냈으니까요."

"허허허, 그놈 참!"

고함 교수가 어이없다는 듯이 헛웃음을 지었다.

"제가 김윤찬 선생을 알게 된 지 오래되지는 않았지만, 분명한 건 의학적인 판단력은 저보다 뛰어나다는 겁니다. 저 같으면 그냥 지나쳤을 일인데……."

"흐흐흐, 그놈아가 원래 그래."

고함 교수가 흐뭇한 듯 입가에 미소를 띠었다.

"도저히 이해가 되질 않습니다. 이제 레지던트 4년 차라고는 믿을 수가 없을 만큼요."

흐음, 이기석 교수가 이마를 문지르며 난감해했다.

"그럴 만도 하지. 그 새끼, 인턴 때부터 그랬어. 탐폰 환자 초음파도 없이 블라인드로 천자 한 새끼거든."

"정말입니까?"

"그래, 아무튼 미스터리한 놈인 건 확실해. 하지만 그게 뭐 잘못된 건 아니잖아?"

"그렇긴 하죠. 하지만 왠지 김윤찬 선생을 보고 있으면 제가 쫄리는 기분이 들어서요. 그냥 예사 수련의가 아닌 것 같습니다."

후후, 이기석 교수가 한쪽 입꼬리를 말아 올렸다.

"천하의 이 교수가 그럴 정도면 녀석이 대단하긴 한가 보네. 아무튼, 자네가 잘 키워 보시게나. 눈도 손도 거기다 가슴까지 천생 써전인 놈이니까."

"네, 저도 그럴 작정입니다."

"하아, 그건 그렇고 이렇게 되면 변 교수랑 소주라도 한잔해야 하는 건가?"

"네, 그렇게 하시는 게 좋을 것 같습니다."

"젠장, 그나저나 괜히 애먼 택진이만 욕을 먹었잖아?"

"맞습니다."

"하아, 하여간 변태석 이 인간! 내 새끼한테 한 짓을 생각하면 다리몽둥이를 분질러 뜨려도 시원치 않을 것 같은데 말이야. 꼭 그래야 하나? 그냥, 다이렉트로 윤리위로 가면 안 될까, 분통 터지는데?"

"교수님, 너무 감정적으로 대응하지 마십시오."

"아, 알았어. 그렇게 함세."

고함 교수가 할 수 없다는 듯이 손을 내저었다.

그렇게 김간난 할머니의 어레스트 소동의 진위가 밝혀지는 순간이었다.

인근 일식집.

고함 교수는 이기석 교수의 조언대로 변태석 교수와 함께, 인근 일식집을 찾았다.

"이거 해가 서쪽에서 뜨겠네. 고 교수가 나랑 술을 다 먹자고 하고? 오늘 완전 땡잡았네. 게다가 사시미라니!"

변태석 교수가 옷걸이에 양복을 걸고는 자리에 앉았다.

"뭐, 동기끼리 술 한잔 하자는 게 뭐가 문제야. 그나저나 술을 먹자고 한 거지, 술을 산다고는 안 한 것 같은데?"

"내가 그럴 줄 알았지. 그래서 뭐? 더치라도 하자는 건가?"

"그거야 나중 일이지. 내가 살지, 아니면 자네가 살지."

"무슨 소린지 모르겠군. 아무튼, 우리가 술자리를 가진 게 얼마 만이야? 그렇지! 연우가 결혼한 이후로 이게 처음 아냐?"

"야, 여기서 연우가 왜 나와!"

"아이고, 내가 아픈 데를 건드렸나? 미안, 미안."

변태석 교수가 양손을 들어 올렸다.

"괜히 시시껄렁한 소리 하지 말고, 일단 술이나 한 잔 받아."

"그럼세."

또르르, 고함 교수가 변태석 교수의 잔에 술을 따랐다.

"캬~. 좋네."

꿀꺽, 변태석 교수가 단숨에 따라 준 술을 삼켜 넘겼다.

"이제 술도 한잔했으니, 본격적인 대화를 나눠 보자고."

꿀꺽, 고함 교수 역시 단숨에 잔을 비워 버렸다.

"무슨 얘기를 하려고 그런 비장한 표정을 짓는 거야?"

또르르, 변태석 교수가 고함 교수의 잔에 술을 따르며 그의 눈치를 살폈다.

"김간난 환자 관리에 문제가 있었던 것 같아."

"그거야 당연하지. 너네 레지던트가 실수해서 문제가 생겼잖아? 그래서 수술도 지연된 거고."

"……."

"어허, 이거 왜 이러시나? 자작하면 앞에 앉은 사람은 3년 동안 재수 없는 거 몰라?"

또르르, 변태석의 말에 고함 교수가 말없이 술을 따르려 하자, 변태석이 술잔 테두리에 검지를 올려놨다.

"그거야 우리 때나 그런 거고."

"뭐, 미신이라지만 그게 또 맞을 때가 있더라고. 그나저나 지난번에 내 방에서 난리 친 것도 모자라 여기까지 와서도 한따까리 하려는 거냐?"

"……아니, 그게 아니고."

"너답지 않게 뭘 그렇게 망설여? 얼른 씨불여 봐. 네 입에서 뭐 좋은 소리 나오겠냐? 각오하고 있으니까."

"태석아, 너 기억나냐?"

"뭐가?"

"옛날에 우리 학부 때 너랑 나랑 같은 조였잖아."

"그랬지. 내가 족장이고 네가 부족장이었으니까. 근데 뜬금없이 그 얘기를 왜 꺼내냐?"

"그때, 상식이 기억나냐? 키만 멀대같이 커서 싱겁게 생긴 놈."

"김상식이라⋯⋯."

"그래, 돈 많은 마누라 만나서 호주인가 뉴질랜드로 이민가 잘 먹고 산다더라."

"아하, 김상식이! 그 때려죽일 새끼를 어떻게 잊냐? 그 새끼가 내 리포트 베껴서 제출해서 자기는 A 받고 나는 F 받았잖아? 아, 진짜 그 생각만 하면⋯⋯."

꿀꺽, 변태석 교수가 잔을 비우며 손등으로 입술을 훔쳐 냈다.

"맞아, 그랬지. 근데, 나 지금까지 의문이 풀리지 않는 게 하나 있다."

"뭐가?"

"그때 교수님한테 왜 말하지 않았냐, 상식이가 네 리포트 베껴서 낸 걸?"

"새끼, 별게 다 궁금하네. 그게 언제 적 얘긴데⋯⋯."

"그러니까 왜 그랬냐고? 네가 교수님한테 소명했으면, 제대로 학점 받았을 텐데?"

"……하아, 그게 말이다. 난 상식이가 스스로 밝힐 줄 알았다."

꼴꼴꼴, 변태석 교수가 또다시 술잔을 채워 마셨다.

"그랬냐?"

"그래. 그때 아마 상식이가 F를 받으면 유급을 받을 상황이었을 거야. 그래서 내가 상식이한테 찾아가 이렇게 말했어."

"……어떻게?"

"네가 스스로 밝히든 끝까지 숨기든 그건 네 맘대로 해라. 친구로서 난 절대로 교수님께 말씀드리지 않을 테니."

"상식이한테 기회를 주고 싶었던 거냐?"

"그래. 그런데 상식이가 결국 끝끝내 자백을 안 하더라? 결국 뭐, 그렇게 끝났지."

"그런 일이 있었구나."

"그래, 그런 일을 내가 교수님한테 일러바치고 싶지도 않았고, 그렇게 유야무야 넘어갔지. 아마, 상식이 그놈도 마음이 편치 않았을 거야. 그 이후로 내 눈치만 보며 슬금슬금 피해 다녔으니까."

"하하하, 그래서 김상식 그 새끼 눈이 그렇게 뱁새눈이 된 거냐?"

"하하하, 그렇게 되나?"

변태석 교수가 발그레한 얼굴로 웃었다.

"태석아, 지금 내 심정이 그때 너랑 같아."

고함 교수가 표정을 바꾸며 진지하게 말했다.

"뭐라고? 그게 무슨 말이야?"

"내가 지금 수십 년 전에 네가 했던 고민을 하고 있다고."

"이봐, 고함! 어려우니까 좀 쉽게 풀어서 말해. 괜히 잘난 척하지 말고."

변태석 교수가 허리를 곧추세우고 바로 앉았다.

"그래, 말하마. 지금부터 내가 하는 말 오해 없이 듣길 바란다."

"그래, 해 봐."

"사실은……."

고함 교수가 지금까지 밝혀진 사실을 차분한 톤으로 설명했다.

"……그러니까 김간난 환자가 그렇게 된 게 우리 애들 때문이라는 건가?"

또르르, 자기 잔에 술을 따르는 변태석 교수의 손끝이 미세하게 흔들렸다.

"일단 우리 쪽에서 확인해 본 결과는 그래. 아직 100% 확신할 수 없는 일이니까. 자료는 여기 봉투에 넣어 두었다."

툭, 고함 교수가 노란색 서류 봉투를 변태석에게 내밀었다.

"확실해?"

"보면 알 것 아냐."

"만약 괜한 수작 부린 거거나 쓸데없는 경쟁심 때문에 이런 거면, 너 내 손에 죽는 줄 알아."

"그래, 백 번이고 천 번이고 네 손에 죽으마."

"젠장, 눈 하나 깜짝 안 하는 걸 보니 사실인가 보네?"

변태석 교수의 눈동자가 마구 흔들리기 시작했다.

"그러니까 네가 자체 조사를 해 보라는 소리야. 나 역시, 단 1%라도 아니길 바라니까."

"너, 만약 내가 이거 뭉개 버리면 어떻게 할 건데?"

"나도 너랑 똑같이 해야지. 넌 내 친구니까."

"망할 새끼! 하는 소리 보소. 그래서 상식이 놈 얘기 들먹인 거냐?"

"적어도 넌 상식이가 아니니까."

"새끼! 아무튼 너, 만약에 이 모든 게 사실이 아니면, 네 모가지는 내 거야. 그런 줄 알아!"

"그래, 기꺼이."

콸콸콸, 변태석 교수가 맥주 글라스에 소주를 따라 단숨에 삼켜 넘겼다.

"미쳤냐, 너?"

"인마, 내 새끼들이 그런 흉악한 짓을 했다는데 너 같으면 맨정신으로 버티겠냐? 같이 마실 거면 남아 있고, 쫄리면 꺼지셔.”

“……미친놈! 좋아, 마셔. 오늘 같이 마시고 죽자.”

콸콸콸, 고함 교수가 자신의 잔에도 소주를 가득 부어 담았다.

그렇게 두 사람은 진탕 술을 마신 후에도 입가심을 한답시고 인근 맥줏집에 들렀다.

“그나저나, 고 부랄! 지난번에 말하려다 못 했는데, 너 연우 소식 들었냐?”

꺼억, 거의 인사불성이 된 변태석이 고함 교수 옛 별명을 들먹이며 혀 꼬부라진 소리를 냈다.

“이 새꺄, 언제적 별명을 들먹여! 그리고 연우 얘기는 왜 꺼내고 지랄이야, 지랄이! 술맛 떨어지게.”

“끄윽, 쫄딱 망했단다.”

“……뭐, 뭐라고?”

반 박자 늦게 나온 고함 교수의 목소리가 미세하게 떨리는 듯했다.

“그래, 인마. 남편이 사업을 하다 말아먹어서 쫄딱 망했다고 하더라. 뭐, 연우 앞으로 보증 선 게 있어서 월급까지 차압당해 지금 생활이 말이 아닌가 보더라고.”

“그, 그런 일이 있었어?”

고함 교수의 눈동자가 흔들리기 시작했다.

“그래, 인마. 너 버리고 돈 많은 놈 따라가더니 결국 이 모양 이 꼴이야. 얼마 전엔 나한테까지 돈을 빌리러 왔더라."

"······."

"얼마나 궁했던지 나 말고도 동아리 애들은 다 찾아다녔나 보더라고. 연우가 좀 이뻤냐? 근데, 얼마나 고생을 했는지 폭삭 늙었다더라고."

"그래서?"

"뭐가 그래서야? 이런 경우엔 매정하게 하는 게 나아. 돈 몇 푼 빌려준다고 해결되지도 않아. 게다가 나한테까지 찾아온 거 보면 볼 장 다 본 거지. 결국 돈 잃고 사람 잃게 되는 게 정해진 수순이야. 그냥 돌려보냈다. 밥이나 한 끼 하자고 하니까 알아서 가더라고."

"그런 일이 있었냐?"

"······설마 너한테까지 손 벌린 건 아니지?"

변태석 교수가 눈매를 좁히며 물었다.

"아니, 안 왔어."

"그렇지. 벼룩도 낯짝은 있었나 보네. 그래, 설마 너한테까지 찾아오겠냐?"

"안 왔다고."

"혹시 오더라도 돈 빌려주지 마라. 절대 못 받는다. 꺼억!"

"그, 그래."

술잔을 꽉 쥔 고함 교수의 손가락이 미세하게 흔들렸다.

그렇게 두 교수가 술을 마시고 난 지 이틀 후, 모든 진실이 밝혀지고 말았다.

우리가 확인했던 모든 것이 사실이었다. 3일간 김간난 환자에게 제네브라를 잘못 투여했던 것.

이를 감추기 위해 심장내과 조정국 부교수와 이상훈 펠로우, 레지던트 진창욱까지 서로 짜고 서류를 조작했던 것이었다.

물론, 변태석 교수는 전혀 모르게 말이다.

모든 것이 사실임이 확인된 순간이었다.

물론, 김간난 할머니에게도 그 사실이 전달되었다.

김간난 할머니 병실.

변태석 교수와 조정국 부교수 그리고 이상훈 펠로우, 진창욱까지.

터벅터벅, 다른 이들을 앞장세워 김간난 할머니 병실을 찾은 변태석의 표정은 어두웠다.

"김간난 환자분, 저 변태석 교수입니다."

"아이고, 교수님이 제 병실에 웬일이십니까? 무슨 일 났습니꺼? 안색이 안 좋아 보이십니더."

김간난 할머니가 변태석 교수의 안색을 살폈다.

"김간난 환자님, 죄송합니다. 사죄드리겠습니다."

풀썩, 변태석이 침대 가까이 다가오더니 갑자기 김간난 할머니 앞에 무릎을 꿇었다.

그러자 변태석 교수 뒤에 있던 스태프들도 엉겁결에 그와 같이 무릎을 꿇었다.

웅성웅성.

병원 권위의 상징인 교수가 환자 앞에서 무릎을 꿇다니!

이건 있을 수 없는 대사건이었다.

이를 지켜보던 다른 환자들과 보호자들이 술렁거리기 시작했다.

"아이고, 교수님! 왜 이러십니까?"

깜짝 놀란 김간난 할머니가 벌떡 일어나 변태석 교수를 일으켜 세웠다.

"죄송합니다. 제 불찰로 돌이킬 수 없는 실수를 했습니다. 이 모든 것은, 책임자로서 부족하겠지만, 제가 보상하도록 하겠습니다."

사과문의 정석이라고 해야 할까?

변태석 교수는 단 한마디 변명도 하지 않고 자신의 모든 잘못을 인정했다.

"아이고야, 아닙니더. 그런 말씀이 어디 있어요. 퍼뜩 일어나요, 얼른!"

죽을 뻔한 고비를 넘겼음에도 불구하고 김간난 할머니의

태도는 의외였다.

"……죄송합니다. 정말 죄송합니다."

여전히 얼굴을 들지 못하는 변태석 교수였다.

"아니라요. 절대! 절대 교수님의 잘못이 아니라요. 저, 교수님 아니었으면 벌써 황천길 건넜을 겁니다. 말도 안 됩니더, 그런 말 하지 마세요."

김간난 할머니는 끝까지 변태석 교수를 탓하지 않았다.

♥

흉부외과 병동 하늘공원.

그리고 며칠 후, 변태석 교수를 비롯한 심장내과 스태프들은 윤리위원회에 회부되었고, 각각의 잘못에 맞는 징계가 내려졌다.

다만, 김간난 할머니의 수술은 성공적이었고, 그녀가 적극적으로 구명을 함으로써 중징계를 면할 순 있었지만 말이다.

물론, 변태석 교수는 이택진에게도 자신의 잘못을 정중히 사과했다.

이렇게 모든 것이 마무리될 즈음, 고함 교수와 변태석 교수가 하늘공원에서 만났다.

"야, 너 팔자 좋게 생겼다? 소독 냄새 안 맡아도 되잖아?"

어쨌든 변태석 교수는 두 달 정직이라는 징계를 받아들일 수밖에 없었다.

"……그러게. 간만에 낚시나 좀 다녀 볼란다."

"그래라. 밤에 심심하니까 이거나 좀 보든가."

"이게 뭔데?"

"뭐긴, 너 좋아하는 야동이지."

"하아…… 꼴통 새끼! 넌 하여간 끝까지 예뻐하려야 할 수가 없는 놈이다, 진짜!"

변태석 교수가 고함 교수가 건네준 CD를 바닥에 내팽개쳤다.

"아, 새끼! 안 볼 거면 말 것이지, 이 귀한 걸 박살 내, 새꺄!"

"그래, 귀한 거면 너나 실컷 봐라, 새꺄."

휙, 기분 나쁜 듯 변태석 교수가 오만상을 찌푸렸다.

"……고맙다."

"왜, 나 없으니까 두 달 동안 네 세상이 된 것 같아서 기쁘냐?"

변태석 교수가 입을 삐죽거렸다.

"그래, 인마! 이번 기회에 아주 안 돌아왔으면 좋겠다."

"때려죽여도 그렇게는 못 하지. 누구 좋으라고?"

"하하하, 그러냐? 두 달 동안 맷집 좀 길러 와라. 그래야 상대할 맛이 나지. 안 그래?"

"미친놈! 딱 기다려. 내가 아주 잘근잘근 씹어 먹어 줄 테니까."

변태석 교수가 어금니를 악다물었다.

연희병원 최고의 심장내과 전문의 변태석과 고함 교수.

이렇게 두 사람은 아무 말 없이 저물어 가는 석양을 바라보며, 아메리카노를 홀짝였다.

♥

그렇게 김간난 할머니가 무사히 수술을 마치고 차츰 회복해 갈 무렵, 고함 교수에게 전화 한 통이 걸려 왔다.

-고함 교수, 나야.

"어, 상진아. 웬일이야?"

이상진은 고함 교수와 동창으로, 학교 때 같은 동아리 활동을 했던 친구였다.

-혹시, 연우가 너 찾아왔냐?

"연우? 아니, 왜?"

-야…… 진짜 말도 마라. 하여간 걔 찾아오면 절대로 돈 주지 마라. 하아, 이거 진짜 진상이네, 진상!

"……."

-지금 안면만 있으면 다 찾아가서 손 내미는 것 같은데, 노파심에 전화하는 거야. 혹시라도 찾아오면 절대로 돈 빌려주지 마라. 아주 상습범이야. 지난번에 하도 딱해서 빌려줬

더니, 또 왔더라.

"알았어. 이만 끊는다."

-그래, 아무튼 절대 빌려주지 마.

"알았다."

띠리리리.

그렇게 전화를 끊고 나서 잠시 후, 인터폰이 울렸다.

-교수님, 지연우 씨란 분이 찾아오셨는데요? 어떡할까요?

고함 교수의 첫사랑

"들어오라고 하세요."

고함 교수가 착잡한 표정으로 말했다.

-네, 알겠습니다.

"……오랜만이네요."

문을 열고 들어오는 중년의 여자. 여전히 아름다운 모습에 귀티 나는 여인이었다.

화려하진 않지만 단아한 옷차림에 중년의 나이임에도 불구하고 잡티 하나 없이 깨끗한 피부를 가진 여자였다.

"어……. 이게 얼마 만이지?"

"글쎄요. 한 7년쯤 됐나요? 은주 첫째 딸 결혼식장에서 본 것 같은데요."

"벌써 그렇게 시간이 지난 건가? 그나저나, 동창끼리 무슨 존대야. 그냥 편하게 대해."

고함 교수가 아무렇지 않은 듯 담담하게 말했지만, 그의 손끝, 말끝은 미세하게 흔들리고 있었다.

"그래도 될까……요? 어엿한 교수님이신데."

"교수가 별건가? 교수 이전에 친구야. 말 놔. 그렇게 존대하니까 불편해. 말 편하게 해."

고함 교수가 연신 손사래를 쳤다.

"아, 알았어. 그럼 그렇게 할게. 그동안 잘 지냈지?"

지연우가 수줍게 웃으며 고함 교수의 안부를 물었다.

"뭐, 나야 똑같지. 넌?"

"나도 그래. 주부가 하는 일이 다람쥐 쳇바퀴 돌듯 그렇지 뭐."

"그렇구나. 다행이네. 그나저나 커피 한잔 할래? 아, 너 커피 못 마시지?"

방금 전 친구로부터 전화를 받아 모든 것을 알고 있음에도 불구하고 고함 교수는 아무 내색도 하지 않았다.

"그걸 다 기억해?"

"아니, 뭐 커피 마시는 걸 본 적이 없는 것 같아서."

"어, 예전엔 카페인 알레르기가 좀 있었는데, 지금은 괜찮아."

"마실 거야?"

"주면."

"알았어."

쪼르르, 고함 교수가 커피를 내려 그녀에게 내밀었다.

"넌?"

"어, 난 커피를 달고 살거든. 너무 많이 마셨더니 속이 좀 쓰리네?"

퀭한 얼굴의 고함 교수, 밤새 한잠도 못 잔 얼굴이었다.

"커피 달고 사는 건 여전하네?"

후릅, 지연우가 커피를 홀짝거리며 눈치를 봤다.

"……내가 그랬나?"

"어. 하루에도 몇 잔씩 마셨잖아."

"글쎄? 기억이 잘…….."

고함 교수가 모른 체하며 머리를 갸우뚱거렸다.

"내가 괜한 얘기를 했나 봐. 그치?"

지연우가 무안한 듯 고함 교수의 눈치를 살폈다.

"아니, 뭐 그럴 수도 있지."

"저 컵, 아직도 가지고 있네?"

지연우가 책상 위에 놓인 머그 컵을 가리켰다.

"아, 저거? 그냥 뭐, 그게…… 아! 연필꽂이로 쓰, 쓸 만하더라고."

고함 교수답지 않게 얼굴까지 새빨개졌다.

"아……. 튼튼하지? 공방에서 내가 그거 구울 때…….."

"그나저나 무슨 일이야?"

지연우가 지난 추억을 떠올리려 하자 고함 교수가 단칼에 잘라 버렸다.

"아……. 그게, 사실은, 너한테 부탁을 좀 하려고 찾아왔어."

지연우가 고함 교수와 눈조차 마주치지 못하며 손가락을 꼼지락거렸다.

"부탁?"

"어, 그게 좀 어려운 부탁인데 말이야. 함아! 나 있잖아……."

"하아, 잠깐만!"

지연우가 말을 잇지 못하고 우물쭈물하자 고함 교수가 자리에서 일어났다.

"어? 어. 그래, 바쁜 일 있으면 일 봐."

지연우가 어색하게 손을 내저었다.

"이거……."

드르륵, 고함 교수가 서랍에서 흰 봉투를 꺼내 지연우에게 내밀었다.

미리 준비를 해 둔 모양이었다.

"이, 이게 뭔데?"

"……얼마 안 되니까 신경 쓸 거 없어."

"어? 그러니까 이게 뭐냐고?"

지연우가 봉투를 열어 보지도 않은 채 되물었다.

"나도 월급쟁이라 많이는 못 넣었어. 큰 도움은 안 될 거야."

"그럼, 지, 지금 이게 돈이니?"

"……조금이나마 도움이 되었으면 좋겠다."

"함아."

"나, 좀 바쁜데 어떡하지? 곧 있으면 회진 돌 시간이거든."

고함 교수가 손목시계를 내려다보며 애써 그녀의 시선을 피했다.

"함아! 사실은 나 있잖아……."

"교수님! 405호 김정임 환자가 자꾸 교수님을 모셔 오라고 난리……. 아, 손님이 계셨군요? 잠시 기다릴까요?"

그 순간 김윤찬이 연구실 문을 열고 안으로 들어왔다.

"아냐, 아냐, 환자가 찾으면 가 봐야지. 그분 까다로우신 분이잖아."

"네에, 그렇긴 하지만 아무래도 꾀병……."

"그런 말이 어딨나? 환자가 의사를 찾으면 가 봐야지. 지금 당장 가자고."

애써 지금의 상황을 피하고 싶은 고함 교수였다.

"연우야, 어떡하지? 나 지금 가 봐야 할 것 같은데?"

고함 교수가 의사 가운을 주섬주섬 챙겨 입었다.

"어? 어. 그래, 가 봐. 난 신경 쓰지 않아도 되니까 얼른 가 봐."

"그래, 미리 연락을 하고 왔으면 같이 저녁이라도 먹는 건데, 아쉽네."

"어? 그러게. 너 바쁜데 내가 갑자기 찾아왔나 봐. 미안해."

지연우가 미안한 듯 얼굴을 붉혔다.

"아니야. 뭐, 다 그런 거지. 차는?"

"어? 나, 차 없어."

"아, 그래? 윤찬 선생, 이분 택시 좀 잡아 드리고 와."

"네, 그렇게 하겠습니다."

"아, 아냐, 그럴 필요 없어."

지연우가 한사코 손을 내저었다.

"아니, 내가 미안해서 그래. 윤찬 선생, 정문까지만 바래다드리고 천천히 올라와. 나 먼저 가 있을 테니까."

"네. 알겠습니다, 교수님!"

그러더니 고함 교수가 빛과 같은 속도로 연구실을 빠져나갔다.

"가시죠. 제가 정문까지 모시겠습니다."

"아, 네."

비틀비틀.

그 순간, 소파 팔걸이를 짚고 일어서려던 지연우의 몸이 비틀거렸다.

"괜찮으십니…… 앗, 뜨거!"

난 반사적으로 그녀의 팔을 부축했고, 그녀의 팔을 잡는 순간, 불에 덴 듯한 열기를 느낄 수 있었다.

"네? 뜨겁다고요?"

이, 이건 뭔가?

이 정도로 뜨거운 열감을 느껴 본 건 처음이었다.

"아, 아닙니다, 아무것도."

"아, 네."

"그러면 모시겠습니다. 나가시죠."

"그래요, 고마워요."

급 창백해진 지연우의 안색. 자세히 살펴보니 심상치 않아 보였다.

"그나저나, 저거 여사님 거 아닙니까?"

그녀가 가방을 들고 밖으로 나가려는 찰나, 난 테이블 위에 놓여 있는 두툼한 봉투를 가리켰다.

"아…… 제 거 아니에요. 이따가 교수님 오시면 드리세요."

지연우가 천천히 고개를 내저었다.

"아, 네. 나가시죠."

"네."

잠시 후, 병원 정문 앞.

"실례가 되지 않는다면 고함 교수님과는 어떤 사이신지 여쭤봐도 되겠습니까?"

"아, 네. 옛날 대학 친구예요."

"아, 그러시군요."

"네."

지연우가 입가에 희미한 미소를 띠었다.

고함 교수님의 친구분이시라……

아무튼, 이분의 팔을 잡는 순간, 엄청난 열감을 느꼈다. 그렇다면 지금까지의 경험으로 볼 때, 뭔가 심각한 문제가 있다는 건데…….

아무래도 이분을 그냥 보내서는 안 될 것 같다는 생각이 들었다.

비틀.

그 순간, 지연우의 몸이 또 한 번 크게 흔들거렸다.

"괜찮으세요?"

"아, 네. 조금 숨이 차서요."

하악하악, 지연우가 불규칙한 호흡을 내뱉었다.

"잠시만요. 저쪽에 잠시 앉으시죠."

"네에."

난 그녀를 데리고 벤치로 갔다.

"혹시 숨이 많이 차십니까?"

"네에, 요즘 신경을 많이 썼더니 좀."

지연우의 얼굴에서 핏기가 걷히더니 식은땀이 이마에 맺혀 있었다.

"가슴 통증은요?"

"……아뇨, 좀 쉬면 괜찮아질 겁니다."

지연우가 흘러내린 머리카락을 쓸어 올렸다.

"저, 흉부외과 의사입니다. 실례가 되지 않는다면 제가 맥박을 좀 확인해 봐도 될까요?"

"아, 아뇨, 그러실 필요는 없는데."

"아뇨, 그냥 넘어갈 일이 아닌 것 같습니다. 잠시만요."

헉, 에데마(부종)?

그녀의 팔목을 잡으려는 순간, 난 느낄 수 있었다. 손목이 심각하게 부어 있음을.

그리고 빛과 같은 속도로 살펴본 그녀의 종아리와 발목.

마찬가지로 사지 부종이 있는지 퉁퉁 부어 있었다.

잦은 호흡곤란에 부정맥이 느껴지는 맥박, 게다가 사지 부종까지?

그렇다면 DCMP(확장성 심근병증)를 의심하지 않을 수 없는데…….

"팔과 다리는 언제부터 이러셨나요?"

"제가 원래 팔다리가 잘 붓는 편이에요. 요새 걸어 다녔더니 좀 부었나 봐요. 집에 가서 찜질하면 나아요."

"아뇨, 단순히 찜질로 해결될 일이 아닙니다. 지금 당장 검사를 받으셔야 합니다."

"괜찮아요. 제 몸은 제가 잘 압니다."

"아니에요! 제가 보기엔 그냥 단순 근육통이 아닌 것 같습니다. 지금 외래로 가서서 몇 가지 검사를 좀 받아 보시는 것이 좋을 것 같습니다. 당장 가시죠."

"괜찮아요! 나중에요. 나중에 다시 올게요. 오늘은 급한 일이 있어서 가 봐야 해요."

"아뇨, 지금 당장…….."

"택시!"

그 순간, 택시가 왔고, 지연우가 황급히 내 손을 뿌리치며 차에 올라탔다.

"사모님, 잠깐만요! 내일이라도 꼭 병원에 오셔야 합니다! 검사를 받으셔야 해요!"

"네, 그럴게요. 신경 써 주셔서 감사해요. 고함 교수한테도 고맙다고 전해 주시고요."

"네, 그렇게 할 테니까, 꼭 병원에 오셔야 합니다."

"……."

내가 신신당부를 했지만, 그녀는 끝까지 병원에 오겠다는 말을 하지 않았다.

－김윤찬 선생, 바쁜가?

늦은 밤, 당직실에서 업무를 보고 있는데, 고함 교수가 호출했다.

"아뇨, 괜찮습니다. 아직 퇴근 안 하셨습니까?"

－음, 할 일이 좀 남아서 말이야. 그나저나 시간 되면 하늘공원에서 나랑 커피나 한잔 하지.

"네, 알겠습니다. 바로 올라가겠습니다."

8층 하늘공원.

초겨울 날씨답게 밤공기는 찼으나, 오래간만에 별을 볼 수 있을 만큼 맑은 날이었다.

"자, 마셔."

"감사합니다."

고함 교수가 커피가 담긴 머그잔을 내밀었다.

"이제 곧 시험이겠네?"

내년 1월에 있을 전문의 자격시험을 말하는 듯했다.

"네."

"후후후, 한창 바쁠 때구먼. 환자 보랴 시험 준비하랴."

"네, 열심히 하겠습니다."

"그래, 김윤찬 선생이야, 당연히 잘 보겠지."

"아닙니다. 틈틈이 준비하고는 있는데, 시간이 많이 부족해서 걱정이네요."

"뭐, 시간이 넘쳐 나는 레지던트가 어디 있나? 쪼개서 하는 거지."

"네, 맞습니다."

"그건 그렇고, 내가 물어보고 싶은 게 있어서 자네를 불렀어."

후룩, 고함 교수가 입술에 커피를 적시며 물었다.

"네, 말씀하십시오. 그렇지 않아도 저도 드릴 말씀이 있습니다."

"그래? 그럼 먼저 말해 봐."

"아닙니다. 교수님 먼저 말씀하십시오."

"음, 그래. 그러면 그렇게 하지. 이거 어떻게 된 거지?"

고함 교수가 주머니에서 봉투 하나를 꺼내 보였다. 낮에 연구실에서 봤던 바로 그 봉투였다.

"그게 왜요?"

"아니……. 이게 사실 낮에 내 방에 있던 그 사람 돈인데, 혹시 실수로 놓고 간 건가 해서 말이야."

"아, 네. 교수님 친구분 말씀하시는 겁니까?"

"그 사람이 그래?"

고함 교수가 눈을 깜박이며 말했다.

"네, 교수님 친구분이라고 하시던데요?"

"친구라……. 그래, 한때는 그랬지. 그래서 뭐 아는 거 없나?"

"실수로 놓고 가신 게 아니라, 이거 자기 게 아니라고 하시던데요?"

"뭐라고! 그럴 리가?"

고함 교수가 의아하다는 듯이 되물었다.

"아뇨, 분명히 그렇게 말씀하셨어요. 교수님 오시면 드리라고. 근데, 얼핏 보니 돈인 거 같아서, 괜히 만지기도 그렇고 해서 그냥 둔 겁니다."

"그 사람이 그렇게 말했다고?"

고함 교수가 짐짓 놀란 표정을 지었다.

"네, 그런데 무슨 일이시죠?"

"아, 아니야, 아무것도."

고함 교수가 뭔가 잠시 생각에 잠기더니 고개를 내저었다.

"네에."

"그나저나, 나한테 할 얘기가 있다고? 그게 뭔가?"

후룩, 고함 교수가 입에 커피를 한 모금 머금더니 물었다.

"그분 몸 상태가 정상이 아닌 것 같았습니다."

난 조심스럽게 지연우에 대해서 얘기했다.

"몸 상태가?"

머그 컵을 들고 있던 고함 교수의 손끝이 미세하게 떨리는 듯했다.

"네, 제가 보는 관점에서는요. 분명 정상은 아니었습니다."

"자네가 보는 관점에서라고?"

고함 교수가 눈매를 좁히며 물었다.

"네, 그렇습니다."

"흐음, 말해 봐. 그게 무슨 뜻인지 내가 좀 이해할 수 있도록 말이야."

"네, 그러면 말씀드리겠습니다. 교수님 친구분, 교수님 방에서 정문까지 몇 걸음 걷지 않았는데, 호흡곤란을 호소하셨습니다. 흔한 케이스는 아니죠."

"호흡곤란이라……."

"그렇습니다. 심실이 비대해지면서 늘어나 수축력이 떨어지고, 그렇다 보니 전신에 혈액 공급이 원활하지 않아 급격한 호흡곤란이 온 거라고 생각합니다."

"지금 너, DCMP(확장성 심근병증)를 의심하고 있는 건가?"

"배제할 수 없죠."

"단순히 호흡곤란이 왔다고 확장성 심근병증과 연결시키는 건, 너무 섣부른 판단 아닌가?"

고함 교수가 살짝 고개를 내저었다.

"물론 그렇습니다. 하지만, 단순 호흡곤란은 아닌 것 같습니다."

"그럼?"

"그분의 팔다리가 심상치 않았어요."

"어떻게 심상치가 않았다는 건가?"

고함 교수의 표정이 조금씩 일그러지는 듯했다.

"심각한 사지 부종에 시달리고 계신 것 같습니다. 제가 직접 확인했습니다."

"사지 부종까지?"

"네, 제가 확인한 정황상 확장성 심근병증 우려되…….."

"그 사람, 내 첫사랑이었어."

내 말이 끝나기도 전에 고함 교수의 쓸쓸한 목소리가 섞였다.

"정말입니까?"

"믿기지 않나 보군. 인마, 나도 남들 하는 건 다 해 봤어, 왜 이래?"

고함 교수가 다 식어 빠진 커피를 홀짝거렸다.

"죄송합니다. 그런 줄도 모르고."

"됐어! 벌써 수십 년 전 일이라 기억도 가물가물해. 그 여자가 나를 사랑하긴 했던 건가, 아니면 내가 그냥 착각했던 건가."

"다른 건 모르겠지만, 교수님이 그분을 사랑하셨던 건 맞는 것 같습니다."

"왜? 뭘 믿고 그렇게 장담해?"

"그거요."

난 고함 교수가 들고 있는 머그잔을 가리켰다.

"이거?"

"네, 이 머그잔 그분이 선물하신 거 아닙니까?"

"어? 그걸 어떻게 알았나?"

"어떻게 모릅니까? 거기 맨 아래에 이름이 있잖습니까, '함이와 연이'라고요."

"제기랄, 그런 게 있었어?"

고함 교수가 이리저리 머그잔을 살폈다.

"두 분 사귀실 때 그렇게 부르셨나 봐요. 센스 있으신데요?"

"됐어, 센스는 무슨 얼어 죽을!"

흠흠, 고함 교수가 민망한 듯 헛기침을 했다.

"큭큭."

"웃지 마! 아무튼 자네 말을 들어 보니, 분명 간단히 볼 일이 아니구먼. 난 단순히 피곤해서 얼굴색이 그런 줄 알았는데⋯⋯."

고함 교수의 눈빛이 잦아드는 것 같았다.

"네네, 단순히 피로가 누적된 것은 아닌 것 같습니다. 하루라도 빨리 검사를 받아 보셔야 할 것 같습니다."

"그러니까 나를 찾아온 이유가 이것 때문이 아니라는 거지?"

고함 교수가 다시 돈 봉투를 꺼내 보였다.

"무슨 사연이 있는지는 모르겠지만, 적어도 그것 때문에 오신 건 아닌 것 같았습니다."

"그럼?"

"그건 교수님이 더 잘 아실 것 같은데요?"

"……내가 더 잘 안다? 내가 뭘 잘 안다는 거지?"

"교수님! 제가 그분이었더라도 교수님을 찾아왔을 것 같습니다."

"왜지?"

"교수님은 우리나라 최고의 흉부외과 전문의니까요."

"글쎄다. 내가 과연 우리나라 최고의 의사일까? 나보다 더 뛰어난 칼잡이는 세상에 널리고 널렸어."

고함 교수가 한쪽 입꼬리를 말아 올렸다.

그럴 수도 있겠죠. 하지만 적어도 그분에게 최고는 교수님이십니다.

"……."

고함 교수는 여전히 아무 말이 없었다.

"병세로 봤을 때, 분명 다른 병원에서 진단을 받으셨을 겁니다. 이거 보십시오."

난 고함 교수에게 약 봉투 하나를 내밀었다.

"이게 뭔가?"

"디기탈리스(강심제)입니다. 제가 좀 확인해 보니, 그분 자인병원에 다니시는 것 같더군요."

디기탈리스란 말 한마디로 모든 게 명확해지는 순간이었다.

"그러면?"

"네, 맞습니다. 강심제를 드시는 걸로 봐서는."

"……"

"교수님, 그분은 많이 고민하셨을 거고, 엄청난 용기가 필요하셨을 겁니다. 교수님을 찾아오기까진."

"자네가 그걸 어떻게 알지?"

잘 알 수밖에요. 제가 사랑했던 그녀도 자신의 가슴을 제게 맡겼으니까요.

"그냥, 그럴 것 같습니다."

"그냥이라…… 내게 수술을 받고 싶었단 말인가?"

"전 그렇게 생각하고 있습니다. 그분에게 우리나라 최고의 흉부외과 전문의는 교수님이요."

"……"

"그분을 살릴 수 있는 분은 교수님뿐이십니다."

"젠장, 디기탈리스를 복용하고 있다고?"

고함 교수가 침통한 표정으로 하늘을 올려다보았다.

"네, 그렇습니다. 그러니 서두르셔야 합니다."

"내가 할 수 있다고 생각하나?"

"네, 그분뿐만이 아니라 제게도 세계 최고의 흉부외과 의사는 고함 교수님이시니까요."

"세계 최고의 의사라……. 내가?"

하늘을 올려다보는 고함 교수의 눈빛이 잦아들었다.

❤

띠리리리.

곧바로 고함 교수는 자인병원 흉부외과 전문의 차경복에게 전화를 걸었다.

"나다."

－네, 선배님.

"혹시 네 환자 중에 지연우라는 환자 있어?"

－잠시만요. 지연우? 어디 보자, 지연우라……. 아, 맞다! 이거 개인 정보 보호 차원에서 제가 말씀드리기 좀 곤란한데요? 의료법에 저촉되는 행위입니다만.

"의료법? 법은 멀고 주먹은 가깝다는 말 몰라? 의료법 좀 위반하고 벌금 좀 물래, 아니면 내 손에 죽을래?"

－아니, 그래도 이건 좀 너무 위법인데…….

"급하니까 빨리 말해!"

－아, 알았다고요, 찾아본다고요. 잠시만 기다리세요. 하여간 그 성질은 여전하시네요. 오랜만에 전화하셔서 다짜고짜 이게 뭡니까?

"그 조동아리부터 조사 줄까? 빨리 말 안 해?"

-알았다니깐요, 잠시만……. 아, 여기 있네요. 지연우 환
자.

"있어……?"

차경복의 말에 고함 교수의 목소리가 마구 흔들렸다.

-네, 그렇긴 한데, 얼마 전부터 병원에 나오질 않네요? 입
원해야 할 것 같은데…….

"이, 입원? 왜?"

-하아, 이게 병명까지 알려 드리기는…….

차경복이 난감해하며 망설였다.

"지금 내가 그쪽으로 건너갈까? 빨리 말 안 해?"

-아니, 도대체 누군데 그러시는 겁니까? 형님, 이러는 모
습 처음 보는 것 같은데?

"그러니까, 빨리 병명 대라고! 차트를 보내든가!"

-아씨, 무슨 차트를 보내요? 그게 말이 되는 소리예요?

"……너, 언제부터 내 말에 토를 달았냐? 간만에 푸닥거리
한번 해?"

-아오, 내가 지금도 형님 따까리도 아니고…….

"죽고 싶나? 이씨!"

-하아, 알았어요. DCMP(확장성 심근병증)요! 더 이상 설명은
안 드려도 되죠?

"화, 확실해?"

-네, 맞아요. 전형적이에요. 호흡곤란에 잦은 피로감, 사

지 부종에 아싸이티스(복수)까지요.

"복수까지?"

—네네, 빨리 입원해서 수술받아야 하는데, 뭐 연락이 없네요. 다른 병원으로 옮겼는지.

"아, 알았어. 알려 줘서 고마워."

수화기를 들고 있던 고함 교수의 손이 흔들리기 시작했다.

—그나저나, 누구예요? 아는 사······.

뚝, 고함 교수가 차경복의 말이 끝나기도 전에 수화기를 내려놓았다.

'여, 연우가 심근병증이라고??'

고함 교수가 착잡한 심정으로 천장을 올려다보았다.

띠리리리.

잠시, 생각에 잠겼던 고함 교수가 핸드폰을 뒤적여 전화를 걸었다.

—지금 거신 번호는 없는 번호입니다.

'젠장, 이건 또 뭐야?'

고함 교수의 핸드폰 속에 저장되었던 지연우의 전화번호가 바뀐 모양이었다.

"야, 차경복이! 지금 당장 지연우 환자 전화번호 좀 문자로 보내!"

고함 교수가 또다시 차경복에게 전화를 걸었다.

－네?? 이건 좀 너무 심한데? 이건 좀 그렇습니다, 형님.

　"경복아!"

　－네.

　"부탁하자. 그 여자가 내 머그 컵 만들어 준 사람이야."

　－네? 그럼 형님의 그 첫사랑이요?

　"그래, 그러니까 부탁 좀 하자. 응?"

　－아, 알았어요. 제가 문자로 보내 드릴게요.

　머그 컵 얘기 하나로 모든 것이 정리되는 듯했다.

　잠시 후, 차경복으로부터 문자를 받은 고함 교수는 전화를 걸었지만, 아무런 소용 없었다.

　－지금은 고객님의 전화기의 전원이 꺼져 있어 전화를 받을 수 없습니다.

　그리고 또 한 번.

　다시 또 한 번.

　"교수님, 회진 가실 시간입니다."

　"알았어요. 지금 갑니다."

　수차례 전화를 걸어 봤지만, 고함 교수는 지연우와 통화를 할 수 없었다.

　흉부외과 의국.

"윤찬아, 도대체 고함 교수님 왜 그러시는 거지?"

이택진이 어깨를 맞대며 물었다.

"뭘?"

"아니, 민아 있잖아."

"팔로사징 환자?"

"그래, 그런데 민아를 앱스타인 아노말리로 잘못 알고 계시더라고? 고함 교수님이 그러실 분이 아니잖아?"

"그런 일이 있었냐?"

"그래, 깜짝 놀랐어. 고함 교수님 그런 실수 하시는 거 첨봐."

이택진이 의아하다는 듯이 고개를 갸웃거렸다.

"뭐, 그럴 수도 있지. 차트를 잘못 보셨나 보지."

"인마, 그게 말이 되냐? 천하의 고함 교수님이 차트를 잘못 봐? 지나가던 개가 웃겠다. 고 교수님이 누구냐? 환자는 물론이고 보호자들 이름도 전부 줄줄 꿰시는 분이야. 무슨, 말이 되는 소리를 해야지."

"야, 교수님도 사람이야. 그럴 때도 있는 거지."

"아냐, 이건 좀 이상해. 살짝 정신 줄을 놓으신 것 같기도 하고, 아무튼 뭐에 홀리신 분 같았어. 너 혹시 뭐 아는 거 있냐?"

이택진이 고함 교수에 대해 꼬치꼬치 캐물었다.

"내가 알긴 뭘 알아?"

"세상 둘도 없는 수제자가 그런 것도 몰라? 교수님, 무슨 사기라도 당하신 거 아니냐? 어디다 돈 날리신 거 아냐? 무슨 주식이라도 했나?"

"야, 교수님 우리 거둬 먹이시느라고 모아 둔 돈도 없어. 그리고 그런 거에 관심 없으신 분이라는 거 몰라?"

"그러니까 더 이상하다는 거지. 무슨 일이시지?"

이택진이 궁금하다는 듯이 고개를 갸웃거렸다.

"됐고! 504호 윤성준 환자 신경이나 좀 써라."

"하아, 그 아저씨 진짜! 무슨 생수병에 소주를 담아 와서 드시냐? 완죤 진상이야!"

이택진이 거칠게 뒷머리를 긁적거렸다.

그날 밤.

8시간짜리 수술을 마치고 자신의 연구실로 돌아온 고함 교수.

파김치처럼 늘어진 몸을 의자에 내던지듯 던지며 책상 위에 놓인 핸드폰을 꺼내 들었다.

'무슨 부재중 전화가 이렇게 많아?'

수십 통의 부재중 전화.

핸드폰을 열고 내역을 확인해 보니 죄다 자인병원의 차경복으로부터 걸려 온 전화였다.

"경복아, 무슨 일이야?"

고함 교수가 곧바로 차경복 교수에게 전화를 걸었다.

―아씨, 형님! 왜 이렇게 전화를 안 받아요?

수화기 너머로 차경복의 다급한 목소리가 흘러나왔다.

"왜? 무슨 일인데?"

―지연우 환자, 지금 우리 병원 응급실에 실려 왔어요!

"뭐, 뭐라고?"

고함 교수가 스프링처럼 자리에서 튀어 올랐다.

―네, 지연우 환자, 아니 연우 씨가 실려 왔습니다, 형님!

"연우가? 연우가 왜?"

―하아, 왜긴요. 제가 말씀드리지 않았습니까, DCMP라고
요. 그동안 치료를 받지 않았었나 봅니다. 119 구조대원이
싣고 우리 병원으로 왔어요.

"그래서 사, 상태는?"

고함 교수의 목소리가 마구 흔들리기 시작했다.

―안 좋아요. 많이 안 좋습니다. 어레스트예요!

"그러니까 얼마나? 얼마나 안 좋다는 거야? 빨리 바이탈
읊어 봐!"

―혈압 65/32mmHg로 바닥이고요. 산소포화도 60에서 70
을 왔다 갔다 요동치고 있습니다.

"젠장! 그 정도면 삽관을 해야지, 가만히 있었어? 산소 한

움큼도 못 들어가고 있다는 거잖아, 지금!"

고함 교수의 목소리가 점점 올라갔다.

정상 산소포화도가 95%임을 감안할 때, 산소포화도가 60~70을 왔다 갔다 한다는 건, 에베레스트 정상에 산소마스크 없이 올라간 것보다 더 심한 상황이었다.

지연우는 극심한 저산소증을 겪고 있는 상황이었다.

―당연히 에피네프린 투여하고 기도 삽관 했죠! 그 정도는 저도 합니다.

"됐고! 당장 인공 심박동기 대고 제세동기 때려! 그런 다음에 어느 정도 혈압 잡히면 페르디핀(강하제) 투여해 주는 거 잊지 말고. 서둘러 당장!!"

―네, 그렇게 하겠습니다. 형님! 근데요.

"왜?"

―이분, 응급조치한다고 해도 우리 병원에서는 이 환자, 감당 못 해요. 상태로 봐서는 테이블 데스 날지도 모릅니다.

"그래서 뭘 어쩌겠다는 건가?"

―병원 측에서도 타 병원으로 이송하라고 난리예요. 그래서 연희로 트랜스퍼시켜야 할 것 같은데요? 형님이 좀 받아 주시죠.

"……."

―형님, 듣고 계세요? 지금 급하다고요!

"……아니, 그렇게는 할 수 없어. 다른 병원으로 보내. 주변에 고국병원 있잖아. 거기 윤 교수한테 보내."

　-네네, 그렇긴 한데, 형님이 메스를 잡아 주셔야 합니다. 이분 살릴 분은 형님밖에 없어요. 우심실 완전 다 나갔어요. 전혀 기능을 못 한단 말입니다.

"나, 수술 스케줄 꽉 찼어. 그 사람 살리자고 다른 환자 죽일 수는 없잖아? 다른 병원으로 보내라고."

이 시간 이후로 고함 교수가 집도할 수술은 없었다.

　-하아, 아무리 그래도……. 아, 알겠습니다.

적어도 고함 교수의 고집을 꺾을 사람은 지구상엔 존재하지 않았다.

"그럼 이만 끊을게."

　-네.

쾅쾅!

"젠장!"

고함 교수가 전화기를 던져 버렸다.

"교수님, 괜찮으십니까?"

그 모습을 지켜보고 있던 난 조심스럽게 그에게 다가갔다.

"너, 언제 들어왔어? 누가 노크도 없이 함부로 들어오라고 했어!"

버럭거리며 소리치는 고함 교수. 평소에 나한테 큰소리 한 번 내지 않던 그였지만, 지금은 그럴 정신이 없는 모양이었다.

한때는 죽도록 사랑했던 여자가 사경을 헤매고 있다는데, 왜 그렇지 않겠는가?

"노크 여러 번 했는데, 못 들으셔서요."

"그, 그랬나. 미안하군."

"아닙니다. 말씀하신 신장용 환자 차트 가지고 왔습니다."

"거기 놓고 가."

고함 교수가 거칠게 넥타이를 풀어 헤치더니 턱짓으로 테이블을 가리켰다.

"교수님, 외람되지만 여쭙겠습니다. 지연우 씨한테 무슨 일이 생긴 겁니까?"

"너, 들었어?"

"네, 죄송합니다. 본의 아니게 듣게 되었습니다. 아무래도 지금 상황이 안 좋으신 것 같은데……."

"됐어! 네가 신경 쓸 일이 아니야."

"……아, 네. 하지만 교수님, 지금 그분을 살릴 수 있는 분은 교수님뿐이십니다. 지금이 아니면 나중에 후회하실 거예요."

"네가 뭘 안다고 지껄이는 거야!"

너무 잘 압니다, 교수님!

유난히 바람이 싸늘했던 어느 겨울.

"여보, 얼굴이 왜 이렇게 까칠해?"

아내가 안쓰러운 표정으로 내 얼굴을 어루만졌다.

"아니야, 아무것도."

"아니긴, 수염도 덥수룩한데? 이러다가 우리 자기 털보 되겠다."

"그런가?"

"그럼! 우리 여보는 얼굴 빼면 시체잖아. 이렇게 수염으로 가리고 다니지 마요."

"아, 알았어. 깎을게."

"그나저나 자기 살이 좀 빠진 것 같아. 밥은 챙겨 먹는 거야?"

환자인 자신보다 날 더 걱정해 주는 아내였다.

"빠지긴 뭐가? 그대로인데."

"에이, 뭐가 아니야. 괜히 혼자 잘 먹고 지내면 나한테 미안해서 그런 거지? 괜히 그러지 말고 끼니 거르지 마. 나, 당신 얼굴 그런 거 너무 속상해."

미연이가 이마에 잔주름을 만들었다.

"에이, 착각도 자유네. 나 요즘 몸무게 많이 나가서 다이어트 중인 거 몰라? 요즘 나, 겁나 운동 열심히 한다고."

"아이고, 우리 남편 여기서 더 멋있어지면 곤란한데? 그렇지 않아도 같이 나가면 여자들이 힐끗거리는데."

"힐끗거리긴. 아무튼, 내 걱정은 그만하고, 마음 편히 가지셔. 수술하고 나면……."

"그 수술 말인데, 당신이 해 줘요."

"못 들은 걸로 할게."

"아니, 당신이 안 해 주면 나 수술 안 받을 거야."

"어린애처럼 왜 그래?"

"여보! 나 장난하는 거 아냐. 나, 당신한테 수술받을래요, 응?"

"미연아!"

"나, 정말 싫단 말이야. 내 가슴 다른 사람한테 내보이는 거. 그러니까 당신이 수술해 줘, 제발요."

미연의 눈빛이 너무도 간절했다.

"미연아, 우리 병원에 나 말고도 좋은 의사 많아. 며칠 동안 고심해 봤는데, 나 당신 몸에 칼을 댈 자신이 없어. 우리 그렇게 하자."

"오빠, 내 소원이야! 오빠가 해 줘요, 제발!"

미연이 내 손을 꼭 쥐었다.

"미연아…… 나보다 훨씬 유능한 교수님이 집도해 주실 거야. 세계에서도 최고인……."

"아니, 나한테 최고는 오빠야. 그 누구도 오빠보다 훌륭한 의사는 없어. 그러니까 오빠가 해 줘, 내 수술."

"미연아……."

그때, 제가 했어야 했습니다.

제 손으로 보냈어야 했습니다. 차라리.

그녀의 마지막을 제가 지켜 줬어야 했습니다.

그런데 전 그렇게 못 했어요.

지금의 교수님처럼 두려웠습니다.

그래서 못 했습니다.

지금도 그 생각을 하면 가슴에 대못이 박혀, 바로 누워 잘 수가 없어요.

교수님 손으로 그분을 살리셔야 합니다.

"그분도 교수님이 수술해 주시길 바랄 겁니다."

"……."

"평생 후회하실 겁니다, 그분이 잘못되면."

"네가 신경 쓸 일이 아니야. 그러니까 그만 나가 봐."

"네, 알겠습니다. 다만, 교수님! 그분이 왜 교수님을 찾아왔는지 잘 생각해 보시길 바랍니다."

"……."

그렇게 시간이 흘러 10여 분 후.

멍하니 의자에 앉아 미동도 하지 않은 채, 천장만 올려다보는 고함 교수.

뭔가 결심한 듯 전화기를 집어 들었다.

"이기석 교수! 날세."

-네, 교수님.

"시간 괜찮으면 내 방으로 좀 오지."

–네, 알겠습니다.

잠시 후, 이기석 교수가 고함 교수실로 들어왔다.

"자네 오늘 수술 스케줄이 어떻게 되나?"

"아, 네. 방금 수술 하나 끝내고 오는 길입니다. 이후 스케줄은 없는데, 무슨 일이십니까?"

"그런가? 내가 자네한테 부탁 하나만 해도 되겠나?"

"네, 말씀하십시오."

"흐음, 수술 하나만 해 주게."

"네? 뜬금없이 그게 무슨 말씀이십니까? 응급 환자라도 들어왔나요?"

"응급 환자는 맞는데, 우리 병원 환자는 아니야."

"그럼, 타 병원 환자라는 겁니까?"

"그래, 자인병원에 실려 올 환잔데, 자네가 좀 맡아 줬으면 해서 말이야."

"우리 병원으로 트랜스퍼하자는 겁니까?"

"그래, 아무래도 자네가 맡는 게 나을 것 같아."

"어떤 환자입니까?"

"확장성 심근병증 환자야. 상태가 좋지 않아. 자세한 건, 자인병원 차경복 교수한테 연락해 보면 알 거야."

"흐음, 절차는요?"

"그건 내가 알아서 함세."

"······네, 그렇게 하겠습니다."

이기석 교수가 군말 없이 고함 교수의 제안을 받아들였다.

"고맙네. 그나저나 누군지 물어보지도 않는 건가?"

"후훗, 잘은 모르겠지만, 어떻게든 살려야 하는 환자인 것만큼은 틀림없군요."

"그걸 어떻게 알지?"

"저기요."

이기석 교수가 부러진 볼펜들을 턱짓으로 가리켰다.

"아······ 이거."

"교수님이 애먼 볼펜을 부러뜨릴 땐, 그만한 이유가 있어서겠죠. 제가 바로 차경복 교수에게 연락해 보겠습니다."

"정말 고마워."

"뭐, 저야 의사니까 환자가 있으면 수술을 해야죠. 그러라고 병원에서 월급 주는 거 아닙니까? 이송 절차만 깔끔하게 마무리 지어 주십시오."

"알았네. 바로 조치해 두겠네."

"네, 저도 준비하겠습니다."

"아! 그리고 이송은 윤찬 선생한테 맡기는 게 좋을 것 같아."

"후후, 그야 당연하죠. 그러지 말라고 해도 그렇게 할 겁니다. 윤찬 선생 말고 누굴 보내겠습니까?"

"그래요. 수고해 줘요."

❤

앰뷸런스 안.

고함 교수는 이기석 교수에게 집도를 맡겼다.

이렇게밖에 되지 않는 건가?

결국, 고함 교수는 자신이 아닌 이기석 교수를 선택하고 말았다.

하지만 고함 교수가 그렇게 선택했다면 어쩔 수 없는 일 아닌가?

아무튼, 나와 이택진은 자인병원으로 달려가 지연우 환자를 이송해 왔다.

ㅡ환자 상태는 어떻습니까?

이송 중, 이기석 교수로부터 연락이 왔다.

"혈압 182/97mmHg입니다."

ㅡ너무 높은 거 아닙니까?

"네. 그래서 페르디핀(강하제) 1앰풀 투여했습니다."

ㅡ그래, 잘했네. 동맥혈 가스 검사 결과는요?

"pH 7.230, $PaCO_2$ 59mmHg였고, PaO_2 157.0mmHg입니다."

ㅡ산증이 심하네요?

"네, 중탄산염 나트륨 투여했습니다. 곧 산소 포화도는 잡힐 것 같습니다."

−잘했습니다. 얼마나 걸릴 것 같습니까?

"지금부터 한 20분 정도 걸릴 것 같습니다. 퇴근 시간이라 차가 많이 막힙니다."

−알겠습니다. 곧바로 수술할 수 있도록 세팅해 놓을 테니까, 최대한 빨리 오도록 해요.

"네, 알겠습니다."

"이기석 교수야?"

전화를 끊자 앰부백을 짜고 있던 이택진이 물었다.

"어."

"그나저나 갑작스럽게 무슨 환자 이송이냐? 이런 경우는 드물잖아?"

"쓸데없는 거 묻지 말고, 앰부백이나 신경 써."

"아, 새끼! 진짜 뭐 있는 거 같은데? 솔직히 좀 말해 봐. 이 환자, 그냥 환자 아니지?"

"너, 산소 포화도 떨어지면 다 네 책임이다? 쓸데없는 데 신경 쓰지 말고 정신 바짝 차려. 이 환자, 글래스고 혼수 척도가 1이야."

글래스고 혼수 척도는 1점부터 6점까지로, 6점에 가까울수록 안정적인 상태를 의미했다.

따라서 글래스고 혼수 척도가 1점이란 소리는, 눈을 뜨지도 몸을 움직이지도 소리를 낼 수도 없는 혼수상태를 의미했다.

"아, 알았어, 인마!"

이택진이 입술 몇 발 내밀며 투덜거렸다.

그렇게 내달려 도착한 연희병원!

"빨리 환자 수술방으로 옮겨!"

이기석 교수가 마중을 나와 있었다.

"네, 알겠습니다."

그러자 대기하고 있던 레지던트들이 지연우 환자를 앰뷸런스에서 꺼내 스트레처 카에 실었다.

"윤찬 선생도 준비해요."

"네? 저요?"

"그럼 우리 병원에 윤찬 선생이 둘입니까? 오늘따라 펠로우 선생들이 풀이라 퍼스트 자리가 빕니다. 윤찬 선생이 서 줘야겠어요."

"괜찮겠습니까?"

"안 괜찮으면? 환자 죽일 셈입니까?"

"아, 네."

"뭐 해요? 빨리 올라가서 수술복으로 갈아입고 내려와요. 소독 철저하게 하고."

"네, 알겠습니다."

"교수님! 전요?"

그러자 이택진이 뻘쭘한 표정으로 물었다.

"이택진 선생은……."

"네, 전요?"

"접수 처리 좀 해 줘요."

"아…… 접수요?"

하아, 이택진이 허탈한 한숨을 내뱉었다.

결국, 지연우는 고함 교수가 아닌 이기석 교수의 집도하에 수술을 받게 되었다.

♥

지연우 환자의 상태를 확인한 이기석 교수는 곧바로 수술실로 향했고, 미리 준비하고 있던 스태프들이 수술 준비에 한창이었다.

정상 심장에 비해 두 배 가까이 부피가 커진 지연우의 심장.

심장이 비대해짐에 따라 수축력이 떨어져 좌심실의 기능이 완전히 소실된 상황.

즉, 심실이 확장되어 심장 기능이 완전히 죽어 버린 심부전이었다.

결국 최종 해법은 심장이식.

이미 기능을 다해 너덜너덜해진 심장을 들어내고 새로운

심장으로 이식하는 것이 최선이었다.

하지만 현재는 심장이식을 받을 수 없는 상황이었기에, 좌심실을 대체할 수 있는 LVAD(좌심실 보조장치)를 삽입하는 것이 최선이었다.

스크럽대.

"윤찬 선생, 결국 고함 교수님은 오시지 않는 겁니까?"

쏴아, 이기석 교수가 스크럽대 레버를 발로 누르니 물이 쏟아져 나왔다. 그러고 나서 솔을 집어 들어 손톱 밑부터 차근차근 세척하기 시작했다.

"아직까지는요."

"아직까지라……. 그 말은 오실 수도 있다는 말로 들리네요?"

이기석 교수가 타월을 꺼내 손은 물론 팔꿈치까지 물기를 제거하며 물었다.

"그럴 수도 있다고 생각합니다."

"글쎄요. 그나저나 고함 교수님과 이 환자, 뭔가 사연이 있는 것 같은데…… 혹시 가족인가요?"

"아니요, 가족은 아닌 것 같습니다."

"가족은 아니다?"

"네, 그렇습니다."

"……그러면 더 물어볼 필요도 없을 것 같군요."

이기석 교수가 뭔가 알 것 같다는 듯, 입가에 미소를 띠었다.

"네?"

"교수님의 표정만 봐도 알 수 있어요, 지금 수술대 위에 누워 계신 분이 어떤 분인지."

"아, 네……."

"뭐, 정확히는 모릅니다. 다만, 고함 교수님에게는 특별한 분이시란 정도?"

이기석 교수가 어깨를 으쓱거렸다.

"네에, 잘 부탁드립니다."

"당연히 잘해야죠. CT 보니까 심장만 커진 게 아니라, 미트랄 스테노시스(판막 협착)도 심해요. 동시에 같이 수술해야 할 것 같습니다. 쉽지 않겠어요."

"네, 최선을 다해 보필하겠습니다."

"그래요. 어디 한번 해 봅시다!"

이기석 교수가 고개를 끄덕였다.

"장갑 끼워 드리겠습니다."

좌악, 손 소독을 마친 난, 이기석 교수의 피부가 장갑 표면에 닿지 않도록 장갑 입구를 최대한 넓게 삼각형 모양으로 벌렸다.

"고마워요. 능숙하신데요?"

이기석 교수는 자신의 손이 쏙 들어가자 만족스러운 표정을 지었다.

"늘 하던 일인데요."

"아뇨, 택진 선생이랑은 또 다른 맛이 있네요? 이럴 때 궁합이 잘 맞는다는 표현이 맞나요?"

"네, 대충요."

"그렇군요. 그럼 가 볼까요?"

"네, 교수님."

내가 아는 고함 교수님이라면 오신다!

반드시!

10번 수술방.

지이이잉.

이기석 교수가 양손을 들어 올리고는 수술방 안으로 들어갔고, 미리 대기하고 있던 10여 명의 수술진이 분주하게 수술 준비를 하고 있었다.

위이이잉.

"지금 310초 넘어가고 있습니다."

체외 심폐기 기사가 심폐가 작동 시간을 알려 주었다.

ECC(체외 심폐기)가 돌아간다는 것. 수술 중, 산소와 혈액을 공급하는 폐와 심장을 대신할 체외 순환기에 전원이 들어왔다는 것, 그것은 수술이 시작됨을 알리는 사인이었다.

"카디오 플레지아 들어갑니다!"

카디오 플레지아(심정지액)는 심장의 운동을 멈추게 하는 심정지액으로, 보통 칼륨을 사용한다.

심폐 순환기 모니터에 활성화된 투명했던 막대그래프에 붉은색이 점점 차오르고 있었다.

즉, 심정지액이 관을 통해 투여되고 있다는 뜻이었다.

"잘 들어가고 있습니까?"

난, 체외 순환기 기사에게 중간 상황을 체크했다.

"네, 정상적으로 진행되고 있습니다."

탁탁탁, 탁탁탁.

간호사들이 가위 손잡이로 길게 연결된 관을 두드렸다.

체외 순환기에서 혈액이 잘 순환할 수 있도록 관 속의 공기를 빼내는 과정이었다.

이제 칼륨이 적정량에 도달해 지연우 환자의 심장과 폐가 완전히 멈추면, 심폐순환기가 돌아가게 된다.

"혈액 가스 검사해 줘요."

"네."

"각자 모니터 확인하시고요."

"네네."

동맥혈 가스 검사, 심전도 그리고 체외 순환기까지 모든 것이 완벽하게 갖춰진 상황.

이제 본격적인 수술을 할 수 있는 상황이 만들어졌다.

"이제 시작할까요?"

이기석 교수가 눈짓으로 사인을 보냈다.

"교수님, 알부민을 좀 투여해 두는 것이 좋겠습니다."

"알부민요??"

"그렇습니다. 환자 검사 결과를 보니까 신장 상태가 좋지 않습니다. 이렇게 다량의 칼륨을 쓰게 되면 신장에 무리가 올 겁니다."

"……음, 그렇지만 알부민은 좀 생소한데?"

당연히 생소하겠지. 2017년쯤 돼서야 알부민이 심장 수술 후, 신장 부작용을 줄인다는 논문이 나왔으니까.

"신장 보호를 위해 알부민을 쓰는 건 나쁘지 않은 방법이 잖습니까?"

"뭐, 그거야 그렇지요. 좋은 방법인 것 같군요. 그렇게 합 시다."

수술방에서 레지던트가 집도의에게 무언가 요청을 한다는 것.

대한민국 의료계의 관행상 있을 수 없는 일이었다.

하지만 이기석 교수는 쿨하게 내 제안을 받아들여 주었다.

그렇게 모든 준비를 마친 이기석 교수는 본격적인 수술을 시작할 수 있었다.

"그나저나 김윤찬 선생, 뭘 그렇게 두리번거립니까?"

이기석 교수가 주변을 둘러보며 물었다.

"아, 아무것도 아닙니다."

"고함 교수님을 기다리시는 건가요?"

"아, 아닙니다."

"아마도 안 오실 겁니다."

"……."

"사랑하는 사람의 몸에 메스를 대는 게 쉬운 일이 아니거든요."

"사랑하는 사람이요?"

"그래요. 좀 전에 본 고 교수님의 그 애잔한 눈빛을 잊을수가 없군요. 저분은 고함 교수님에겐 그런 분일 겁니다."

이기석 교수가 턱짓으로 마취에 잠들어 있는 지연우를 가리켰다.

"네."

"못 오실 거예요, 고함 교수님."

"……만약에 오시면요?"

"글쎄? 못 오실…… 안 오실 텐데?"

"전 왠지 오실 것 같은데요."

"뭐, 그러면 나야 좋은 거죠. 가뜩이나 와인 생각이 간절했거든요. 고함 교수라면 기꺼이 집도의 자리 양보하죠."

"네, 오실 겁니다, 반드시!"

"좋아요! 그럼 우리 내기합시다. 윤찬 선생은 오는 걸로, 난 못 오시는 걸로."

"좋습니다."

"와인 내기입니다. 저, 싸구려 와인은 안 마시는 거 알죠?"

"네, 내기하겠습니다."

"후후후, 좋아요. 그건 두고 볼 일이고, 이왕 이렇게 된 상황이니, 우리가 한번 살려 보도록 합시다. 저분을 위해서, 고함 교수님을 위해서요."

"네, 알겠습니다."

"그러면 시작해 볼까요? 약, 다 들어갔습니까?"

모든 준비가 끝나 갈 즈음, 이기석 교수가 간호사에게 물었다.

"네. 교수님, 투여 완료했습니다."

"심장 멈췄나요?"

"네."

"펌프 돌리죠."

"펌프 온!"

이기석 교수가 선창하자 확인을 위해서 간호사가 후창했다.

"환자 온도는요?"

"29.5도입니다."

"높아요. 좀 더 낮춥시다."

"네, 알겠습니다."

"지금은 어떻습니까?"

"28도입니다."

"좋아요. 적당하니까 그만 내립시다."

"네, 그렇게 하겠습니다."

쿨링 다운!

수술할 환자의 체온을 강제적으로 내리는 과정이 끝이 났다.

이제 수술포를 덮고 흉골을 절개하면 본격적인 수술을 시작할 수 있었다.

바로 그 순간이었다.

수술방에 있던 모든 사람의 시선이 한곳으로 쏠렸다.

그들의 시선이 멈춘 곳은 다름 아닌 수술방 자동문.

지이이잉.

자동문이 열리자 보였다. 두건을 쓴 채, 양팔을 '니은' 자로 만들어 높이 들어 올린 남자가.

터벅터벅, 슬리퍼를 질질 끌고 들어오는 이 남자.

바로 고함 교수였다.

"교, 교수님!"

이 방에 있는 사람 중 놀라지 않은 사람은 아무도 없었다.

"왜요? 제 얼굴에 뭐라도 묻었습니까?"

깜짝 놀라는 스태프들의 반응에 비해 고함 교수는 더할 나위 없이 차분했다.

"아, 아니요. 그게 아니라, 오늘 교수님 수술방에 못 들어

오신다고…….."

마취과 최정우 교수가 의아한 표정을 지었다.

"헐, 내가 언제 못 들어온다고 했나? 안 들어간다고 했지."

"아…… 네. 안 들어오신다고 하지 않았습니까?"

"그랬지. 그런데 마음이 바뀌었어."

"하아, 네."

최정우 교수가 어안이 벙벙한 표정을 지었다.

"왜? 최 교수가 보기에도 내가 꼴통 같지?"

"아, 아닙니다. 그런 게 아니라."

"뭐가 그런 게 아니야. 내가 생각해 봐도 제멋대로에 개꼴통인데……. 아무튼 잘 좀 부탁해."

"네, 알겠습니다."

질질질.

그러고는 고함 교수가 특유의 슬리퍼질을 하며 이기석 교수에게 다가갔다.

"이거 미안해서 어떡하지?"

"뭘요?"

"오늘 수술은 내가 해야 할 것 같아서 말이야."

고함 교수가 멋쩍은 듯 눈웃음을 쳤다.

"뭡니까, 이 수술 때문에 저녁 약속까지 취소했는데……."

"미안해! 내가 나중에 찐하게 한잔 살게."

"젠장, 내기 졌네요."

"무슨 내기?"

"교수님이 오시나 안 오시나로 윤찬 쌤하고 내기를 했거든요. 제가 졌네요."

"그랬나?"

고함 교수가 시선을 돌려 나를 쳐다봤다.

"네, 결국 제가 집도의 자리 양보해야 하는 거죠?"

하아, 이기석 교수가 허탈한 듯 한숨을 내쉬었다.

"그래 주면 고맙겠군."

"네, 기꺼이 양보합니다. 미국 같았으면 있을 수도 없는 일이지만."

이기석 교수가 순순히 자리를 비켜 주었다.

"고맙네."

"그나저나, 왜 생각이 바뀌신 겁니까? 내기엔 지더라도 이유는 알아야 할 것 같아서요."

"윤찬이 저놈아가 내가 세계 최고의 써전이라고 하잖아? 그래서 왔어."

"어허, 그래요? 제가 아니고요? 전 지금까지 그런 줄 알았는데?"

"자네는 두 번째 써전 해. 1위는 나 죽으면 하고."

허허, 고함 교수가 특유의 미소를 입가에 흘렸다.

"어이없군요. 그나저나 진짜 괜찮으시겠어요?"

"뭘?"

"저기 누워 있는 환자 말이에요."

"뭘 알고 있는 것처럼 말하는군."

"네, 지금까지 본 교수님 눈빛 중에서 가장 슬……."

"환자야. 여느 환자와 다름없어! 그 이상도 그 이하도 아니야. 나 역시, 환자를 살려야 하는 의사일 뿐이고. 환자와 의사 사이! 그 이상도 그 이하도 아닐세."

고함 교수가 이기석 교수의 말허리를 낚아챘다.

"……네, 알겠습니다. 그럼 수술 잘 부탁합니다."

고함 교수의 말에 이기석 교수는 더 이상 말을 덧붙이지 않았다.

"그래, 수술 끝나고 보자고."

"네. 윤찬 쌤! 잘 부탁해요. 내가 졌으니, 술은 내가 사죠."

이기석 교수가 나를 향해 한쪽 눈을 찡긋했다.

"네, 최선을 다하겠습니다."

지이이잉.

잠시 후, 이기석 교수가 쿨하게 수술방을 빠져나갔다.

"이기석 교수, 보면 볼수록 좋은 사람이야. 내가 지금까지 색안경을 꼈던 것 같아."

"네, 맞습니다. 훌륭한 분이세요."

"그러게."

"교수님! 그러면 수술 시작하셔야죠? 시간 많이 지체됐는데?"

"아이쿠, 내 정신 좀 보게. 조동아리 털다가 이 귀한 시간 다 까먹었군. 바로 시작합시다."

"차트는 확인……."

"LVAD(좌심실 보조장치) 달고 너덜너덜해진 미트랄 갈아 끼워야 하는 거 아냐?"

베테랑 써전답게 이미 모든 것을 파악하고 들어온 고함 교수였다.

"네, 맞습니다."

"자! 그러면 저승사자랑 맞짱 떠 볼까? 조영희 간호사! 시작해도 되겠습니까?"

"네! 모든 준비는 완벽합니다."

조영희 스크럽 간호사(수술방 간호사)가 오케이 사인을 보냈다.

"좋아요. 그러면 시작하지! 메스!"

우두둑, 고함 교수가 목을 한 번 돌려 보더니 손을 내밀었다.

"네, 여기 있습니다."

그러자 조영희 간호사가 그의 손 위에 메스를 올려놔 주었다.

한때 자기가 사랑했던 여자, 그 때문인지 아닌지는 모르겠지만, 고함 교수는 그 이후로 결혼을 하지 않았다.

언제나 자신의 환자가 가족이었던 그.

쉽지 않은 결정을 했고 결코 쉽지 않은 수술이었지만, 메스를 쥐고 있는 그의 손끝은 미세한 떨림도 없었다.

"보비!"

"네, 여기 있습니다."

치지지직, 살이 타는 냄새와 함께 얇은 연기가 피어오르며 흉막이 녹아내리듯 벌어지자 드디어 비대해진 심장이 모습을 드러냈다.

"자, 이제 시작하자고."

"네, 교수님."

뚜뚜뚜뚜.

"최 교수, 바이탈은?"

"정상입니다. 이제 시작하셔도 될 것 같습니다."

"오케이!"

뱀처럼 환자의 몸을 감고 있는 수많은 호스와 링거 줄. 이제 깊은 잠에 빠진 지연우 환자가 깨어나기 전까지 너덜너덜해진 삼첨판막을 성형하고, 이미 그 역할을 다한 좌심실을 대신할 보조 장치를 설치해야 했다.

그렇게 사력을 다해 집도에 들어간 고함 교수.

"피 더 가지고 와."

이미 그의 수술 장갑은 붉게 물들어 있었다.

"네, 교수님!"

툭툭툭툭.

순식간에 동이 난 혈액 팩.

바구니 속에 피를 잔뜩 머금은 거즈 더미가 산더미처럼 쌓여 가고 있었다.

"인터날 마마리아 아테리(좌 속가슴 종맥) 건드리면 골로 간다. 정신 바짝 차립시다."

"네, 알겠습니다."

"이동석 선생, 레프트 서클레비안(좌 쇄골하동맥) 잡아먹을래? 꽉 안 잡아?"

"죄송합니다, 교수님!"

"집중합시다. 지금 실습 시간 아니에요!"

"네에."

한 치의 오차도 없었다.

단 한 번의 실수도 없었다.

"장난해? 스트레이트로 주면 어떻게? 커브로 줘. 집중합시다! 우리!"

긴장한 간호사가 스트레이트 겸자를 건네자, 고함 교수가 그 두꺼운 눈썹을 치켰다.

그렇게 고함 교수는 사력을 다해 썩어 문드러진 삼첨판막을 성형하고 이미 정상 심장에 비해 두 배나 커져 버린 좌심실을 대신할 LVAD를 삽입했다.

마치 오케스트라를 지휘하는 지휘자 같았다.

그의 눈짓, 손동작 하나하나에 맞춰 스태프들은 일사불란하게 움직였다.

교향곡의 모든 악보를 꿰고 있는 듯 고함 교수의 손놀림은 현란했으며, 그 어떤 작은 실수도 그의 눈과 귀를 벗어나지 못했다.

평소보다 더 침착하게.

평소보다 더 여유롭게.

메스를 쥐고 있는 그의 손길은 부드럽지만 강했다.

만약에 뭔가 잘못되면 내가 나서야 한다!

수술 전에 가졌던 내 마음이었다.

기우였다.

무색했다.

아무런 의미가 없었다.

내가 끼어들 틈은 전혀 없었다.

난 그저 거들 뿐.

아무것도 할 필요가 없었다.

한마디로 멋지다.

고함 교수의 술기는 멋지다는 말이 부족할 정도로 정교하고 화려했다.

그렇게 수술이 시작된 지 10시간쯤 지났을 때, 그 화려한 오케스트라도 막을 내릴 준비를 하고 있었다.

"이제 클램프 풀겠습니다!"

땀에 흠뻑 젖은 고함 교수가 차분한 톤으로 말했다.

혈관을 잡고 있던 기구인 클램프를 풀겠다는 것.

인공 심폐기를 멈추고 혈액을 흘려보내겠다는 뜻이었다.

이제 정상적으로 심장이 뛰기만 하면 장장 10시간의 수술이 마무리되는 순간이었다.

"네, 교수님!"

"플로우 다운!"

"플로우 다운!"

이제 피를 심장으로 흘려보낼 준비가 되었다는 뜻.

"이제 플로우 올립니다."

이제 지연우의 혈관을 타고 혈액이 심장을 거치게 된다.

수술방에 모인 모든 시선이 지연우의 가슴에 집중되었다.

째깍째깍.

피가 마르는 시간이 흘러간다.

이를 지켜보던 모든 스태프의 동공이 부풀어 오르고 있었다.

이제 뛰어야 한다.

째깍째깍.

마치 1초가 하루 같은 느낌이다.

꿀꺽, 지연우의 심장에 시선이 고정된 고함 교수가 목울대를 꿀렁거렸다.

"뜁니다!!"

그 순간, 달뜬 레지던트의 목소리가 터져 나왔다.

"브라보!"

드디어 10시간의 대수술이 결실을 보게 되는 상황.

양손을 치켜올리는 마취과 교수.

후우, 안도의 한숨을 내쉬는 레지던트들!

가슴에 대고 성호를 긋는 조영희 간호사.

수술방에 있는 모든 스태프가 각자의 방식으로 환호성을 질렀다.

"된 건가?"

다리에 힘이 풀렸는지 고함 교수가 살짝 비틀거렸다.

대단한 의지력이었다.

10시간을 꼬박, 그것도 집중력의 흐트러짐 하나 없이 집도의 자리를 지켰던 그.

그 어느 때보다 냉철했으며, 정확했고, 경이롭기까지 했다.

내가 과연 저분의 술기를 뛰어넘을 수 있을까? 아니, 이런 상황에서도 흔들리지 않는 그의 정신력을 따라갈 수 있을까?

……존경합니다, 교수님!

"그런 것 같습니다! 고생하셨습니다."

"노노! 끝날 때까지 끝난 게 아닐세."

고함 교수가 자신의 검지를 흔들어 보였다.

"네, 봉합이 남았습니다."

"그래, 여자로서 감당키 어려운 가슴 흉터가 남게 될 걸세. 최대한 작게 남게 해야 하지 않겠나?"

끝까지 그녀를 아끼는 고함 교수였다.

미연아, 다시는 물러서지 않을게. 다시는 주저하지 않을게.

앞으로는 내가 사랑하는 모든 사람은 내가 지켜 낼 거야.

지금의 고함 교수처럼!

"네, 최선을 다하겠습니다."

잠시 후, 위에서 아래로 크게 벌어진 가슴을 봉합하는 프로세스가 진행되었다.

"윤찬 쌤……."

난, 고함 교수의 말이 떨어지기도 전에 아미로 당기고 와이어를 걸어 주었다.

"제법이네?"

"배운 대로 했을 뿐입니다."

아미로 당기고 끝을 잡아 주지 않으면 와이어는 꼬이기

십상.

난 아미로 당겨 벌어진 피부 끝을 잡아 주었다. 레지던트 급이 쉽게 할 수 있는 술기가 아니었다.

"이런 건 어디서 배웠지?"

"교수님한테요."

"난 가르쳐 준 적이 없는 것 같은데?"

"영상으로 배웠습니다."

"……돌겠군! 이걸 그거로 배울 수 있는 건가?"

"뭐, 나름대로요."

"이러면 반칙이지. 넌 영상 몇 번 보면 할 수 있는 걸, 난 5년이나 걸렸어. 자괴감이 드는군."

"지금 홀더를 걸어야겠죠?"

"시끄럽고 수술에나 집중하라는 뜻인가?"

"뭐, 알아서 해석하십시오."

"돌겠네. 걸어, 홀더!"

"네, 그렇게 하겠습니다."

두 번 자르고 홀더를 바로 걸어 줬더니 고함 교수가 짐짓 놀란 눈치다.

이렇게 벌어진 흉부를 닫기 위해선 7에서 12개 정도의 와이어가 필요했다.

벌어진 심장 사이로 양쪽으로 네 개씩 와이어가 걸려 있었다.

"블리딩 컨트롤!"

"네."

양쪽에 위치한 와이어를 시계방향으로 돌려 엇갈리게 한 다음, 꽉 조여 주면 끝.

"석션!"

"석션하겠습니다."

스읍, 시야를 확보하기 위해 석션기를 가져다 대니 빨대로 음료수가 빨려 가듯 혈액이 빨려 들어갔다.

"이제, 다 끝난 건가?"

연속적인 봉합! 위쪽에서 아래쪽으로 연속으로 봉합하면서 컷!

한 번 더!

또 한 번 더!

매듭이 피부 바깥쪽이 아닌 안쪽으로 향하게 봉합하면 끝!

"다 된 것 같지?"

어느새 고함 교수의 두건이 흥건하게 젖어 있었지만, 그의 눈꼬리는 아래쪽을 향하고 있었다.

수술이 잘되었다는 뜻이리라.

"네, 그렇습니다."

"……이만하면 예쁘게 잘된 거지?"

"네, 최고십니다."

"김윤찬 선생도 고생 많았어. 내가 여태까지 만났던 그 어떤 퍼스트보다 훌륭했네."

"과찬이십니다."

"아니야. 적어도 삼첨판막 성형 수술이 뭔지, 좌심실 보조 장치를 삽입한다는 것이 뭔지, 정확히 꿰고 있더군. 이건 결코 영상으로 배울 수 있는 게 아니야."

고함 교수가 마스크를 벗어 던지며 말했다.

"영상이 아니라, 교수님이 가르쳐 주신 겁니다."

"그런가? 아무튼 자네, 내가 할 말이 있는…… 아닐세, 나중에 하지."

"네, 교수님."

"그럼 마무리를 좀 부탁해도 되겠지?"

"네, 걱정 마시고 들어가 쉬십시오."

"그래그래. 그래야겠어. 아이고, 팔, 다리, 허리 삭신이 야."

질질질. 고함 교수가 온몸을 두드리더니 특유의 슬리퍼질을 하며 수술방을 빠져나갔다.

하늘공원.

밤 8시에 시작해 10시간의 대수술을 마치고 난 지금, 어느새 동쪽에서 붉은 해가 솟아오르고 있었다.

하늘공원에 올라가니, 고함 교수가 주머니에 양손을 푹 찔러 넣은 채, 동이 트는 모습을 지켜보고 있었다.

"커피 드시겠습니까?"

난 김이 모락모락 나는 커피 잔을 그에게 내밀었다.

"커피 대신 소주는 없나? 그게 더 당기는데?"

고함 교수가 커피 잔을 받으며 옅은 미소를 흘렸다.

"갖다드려요?"

"하하하, 농담이야, 농담! 무슨 농담을 그렇게 진지하게 받아들여?"

"……뭐, 드시고 싶다면 얼마든지요. 윤성준 환자한테서 뺏은 소주가 한 박스는 될 겁니다."

"하하하, 그렇게나 많아?"

"네, 원하시면 갖다드릴게요."

"됐어! 농담이야."

"아…… 네."

"그나저나 이기석 교수랑 내기했다면서?"

"네."

"그 말은 내가 수술방에 들어올 거라고 확신했다는 뜻으로 해석이 되는데?"

후룩, 고함 교수가 커피를 한 모금 입에 머금었다.

"네."

"왜? 내가 왜 수술을 할 거라고 생각한 거지?"

"교수님 눈빛이 그랬어요."

"내 눈빛?"

"네, 눈빛이요."

"어떤 눈빛?"

고함 교수가 자신의 눈을 가리키며 궁금한 듯 물었다.

"영준이 기억나시죠, 얼마 전에 심장이식 수술했던?"

"당연하지. 그 개구쟁이를 내가 어떻게 잊을 수 있겠나?"

"그때요. 수술 전날 영준이를 바라보던 교수님의 눈빛요. 전 어제도 그 눈빛을 봤습니다."

"……영준이를 바라보던 눈빛? 그게 뭐가 어쨌다는 건가?"

"네, 어떻게든 살리겠다는 눈빛이셨죠. 옛 연인 지연우가 아닌, 환자 지연우를 맞이하는 눈빛이요."

저는 죽어도 그렇게 하지 못했던…….

"헐, 나도 모르는 걸 잘도 아는군? 꿈보다 해석이 좋아. 난 아무것도 변한 것이 없어. 영준이든 연우든 내겐 살려야 할 환자일 뿐이야."

네, 전 그렇게 못 했으니까요!

전 결국, 미연이를 환자로 보지 못했어요.

하지만 당신은 그걸 해냈습니다. 결국, 전 하지 못했고, 교수님은 하셨습니다.

존경합니다, 교수님!

"……그래서 교수님이 오실 거라고 믿었습니다."

"당최 뭔 소리를 지껄이는지 모르겠군. 시끄럽고! 우리 해장국이나 한 그릇 때리러 감세. 술도 안 마셨는데, 속이 쓰리구먼."

"네, 그러시죠."

"자네, 오늘 오프지?"

"네, 그렇습니다."

"좋아! 그러면 해장국에 소주 한잔 콜?"

고함 교수가 술 마시는 시늉을 했다.

"네, 좋으실 대로 하십시오."

"그래그래, 가자고!"

고함 교수가 빙그레 웃으며 내 어깨에 자신의 팔을 걸쳤다.

그렇게 고함 교수의 첫사랑은 다시 한번 새 삶을 살 수 있게 되었다. 이젠 더 이상 고함 교수의 마음속에서 살 수 없겠지만.

💔

이듬해 1월.

"시험 잘 봤냐?"

필기시험을 치른 후, 이택진이 손을 호호 불며 물었다.

"그럭저럭."

"하긴 너 같은 수재가 시험을 못 본다는 게 말이 안 되지. 그나저나 난 걱정이다."

"무슨 걱정?"

"시험 조진 것 같거든. 이러다가 나만 X 되는 거 아닐까?"

"인마, 우리 병원 전문의 합격률이 90%가 넘어. 그러기야 하겠냐?"

"그러니까 더 걱정이지. 그 10%에 내가 들어가면 어쩌냐고?"

"⋯⋯뭐, 그러면 1년 더 하면 되지."

"그 입을 확 찢어발기고 싶다. 나쁜 놈아!"

난 그렇게 전문의 시험에 무난히 합격했고, 이택진 역시 우려와는 다르게 전문의 시험을 통과할 수 있었다.

닭의 모가지를 비틀어도 새벽은 찾아오고 국방부 시곗바늘을 부러뜨려도 전역 날은 오듯이, 드디어 우리도 기나긴 레지던트를 마칠 시간이었다.

이제부터 시작인 건가?

정선분원을 가다

"합격 축하합니다!"

"오냐, 오냐."

레지던트들이 줄지어 인사하자 이택진이 거드름을 피웠다.

"진심, 감축드립니다."

레지던트 조용철이 이택진에게 꽃다발을 건넸다.

"뭐, 대단한 시험이라고 이런 것까지……."

이택진이 손사래를 치지만 싫지 않은 눈치다.

"선생님, 앞으로 잘 부탁드립니다."

"뭐라고?? 그거 다시 말해 봐."

"네? 뭘요?"

"방금 네가 했던 말 있잖아."

"잘 부탁한다는?"

"아니, 그거 말고, 처음에 했던 말!"

"아하! 선생님이요?"

"그래그래. 앞으로 모르는 거 있으면 언제든지 내 방으로 와라. 내가 힘닿는 데까지 지도 편달 해 주마."

툭툭, 이택진이 조용철의 어깨를 두드려 주었다.

"지랄한다, 지랄해! 이제 갓 전문의 단 새끼가 방이 어딨 냐?"

그 순간 난 장대한, 홍순진 선배와 함께 당직실로 들어왔 다.

"아, 선배님!"

"야! 아주 벼슬 나셨다? 김윤찬은 1차, 2차 점수 합산 결과 가 어마무시하다. 전국 수석이야, 수석! 순진아, 윤찬이 점수 몇 점이지?"

"그게 있을 수 있는 점수인가 싶다. 김윤찬 선생, 당신 입 으로 말해 봐. 이건 도저히 내 입으로 담을 점수가 아냐."

홍순진 선생이 어이없다는 듯이 혀를 내둘렀다.

"1차, 2차 모두 만점 받았습니다."

"와! 우리 병원 개원 이래, 만점자는 처음 아냐? 정말 대단 하십니다, 선배님!"

그 순간, 레지던트들이 환호성을 질렀다.

"윤찬 선배님이 전공의 평가 시험에서도 매년 연차 수석 하셨잖음?"

"와우, 대박!"

레지던트들이 엄지척을 하며 호들갑을 떨었다.

"그냥 뭐, 운이 좋았습니다."

"……운 좋은 놈은 바로 저 인간이지."

홍순진이 턱짓으로 이택진을 가리켰다.

"뭡니까? 저 당당하게 시험 봐서 붙은 겁니다!"

그러자 이택진이 발끈하며 나섰다.

"야, 너 겨우겨우 붙은 거 우리 병원에 소문 다 났어. 겨우 과락 면했잖아."

"……아니, 시험 제도가 그 점수만 받으면 되는 건데, 그 게 무슨 상관이에요. 제가 딱 합격할 만큼만 받은 겁니다. 굳 이 저 새끼처럼 수석까지 할 필요 있습니까?"

"하여간, 그놈에 조동아리는 살아 가지고! 그래서 딱 60점 맞은 거라고?"

"그럼요, 당연하죠!"

"야, 이번에 전국 흉부외과 전문의 응시생이 20명이 안 돼. 내가 면접 시험 감독관이었으면, 너 절대 합격 안 시킨 다! CS 전문의가 하도 부족하니까 어쩔 수 없는 거지."

"……모로 가도 서울만 가면 되는 거죠. 윤찬이가 수석 했 다고 이마에 수석이라고 쓰고 다니는 건 아니잖습니까?"

"하여간, 내가 말싸움에서 널 어떻게 이기니. 하여간 한은정 선생까지 모두 붙었으니까, 우리가 한잔 안 살 수 없지. 가자!"

"청수옥입니까?"

"당연하지! 우리가 거기 말고 어딜 가?"

"흐흐흐, 좋습니다. 오늘은 소 혓바닥 맛 좀 보는 거죠?"

이택진이 입술에 침을 두르며 입맛을 다셨다.

"비위 상하게 소 혓바닥이 뭐냐? 우설이란 좋은 말이 있는데."

"한글 사랑, 나라 사랑입니다. 좋은 우리말을 놔두고 왜 한자를 씁니까?"

"알았다. 내가 졌다, 졌어!"

이택진의 입담에 홍순진이 두 손, 두 발 다 들었다.

그렇게 나와 이택진, 한은정은 무난히 전문의 시험에 합격했고, 이제야 의사다운 의사가 될 수 있었다.

"오늘만 날이다! 먹고 죽자!"

그날 우린 딱 죽기 직전까지 마셨다.

고함 교수 연구실.

"꼬라지를 보니까 밤새도록 퍼마셨군! 이거나 마셔라."

탁, 고함 교수가 탁자 위에 갓 내린 커피를 올려놔 주었다.

"감사합니다."

"드디어 시다바리 딱지를 떼는 건가?"

"……네, 그렇습니다."

"축하를 해야 할지, 위로를 해야 할지 모르겠군. 흉부외과 펠로우가 된다는 게 뭘 의미하는지는 알지?"

"……네."

"그래그래. 지금까지 네 눈깔로 보고, 귓구녕이 뚫렸으면 들었을 테니까. 아무튼, 지옥에 입성한 걸 축하한다."

"감사합니다."

"그나저나, 군대는 어떻게 할 거야?"

"공보의(공중보건의) 신청을 하려고요."

"바로?"

"아뇨, 제가 바로 공보의로 빠지면 우리 과에 너무 로드가 걸릴 것 같아서 좀 있다 가려고 합니다."

"그래, 잘 생각했어. 가뜩이나 손이 모자라는데, 좀 있다가 가."

"네. 택진이는 바로 공보의 신청하기로 했습니다."

"……음, 그래. 둘이 번갈아서 가면 되겠구먼. 이택진이 그 뺀질이는 현역으로 가서 좀 굴러 봐야 하는 건데, 아쉽네."

"그래도 열심히 하고 있습니다."

"알아! 그냥 해 본 소리야. 그나저나, 이상종 교수가 너 한 번 내려오라고 하던데?"

"네, 저도 연락받았습니다."

"그래그래. 간만에 머리도 식힐 겸, 갔다 와. 3박 4일 줄 테니까."

"네, 감사합니다."

"그나저나 김윤찬이!"

고함 교수가 눈매를 좁히며 물었다.

"네, 말씀하십시오."

"너, 이상종 교수 조카랑은 어떻게 돼 가는 거야?"

"윤이나 선생님을 말씀하시는 겁니까?"

"그래, 인마! 이나 정도면 최고의 신붓감 아니냐? 내가 지금까지 이나처럼 참한 처자를 본 적이 없어요. 암!"

고함 교수가 은근히 윤이나 선생을 추켜세웠다.

"그냥, 선배님입니다."

"아니, 원래 선배로 만나다 자기, 자기 하는 거야. 잘 생각해 봐. 이나도 싫지 않은 눈치던데?"

"그럴 리가요. 전 아직 연애에 관심이 없습니다."

"하아, 이 새끼! 튕기네? 연애에 관심 없으면 결혼을 해. 이나 같은 애가 어디 흔한 줄 알아?"

"네, 맞습니다. 저한테는 너무 과분하죠."

"그러니까 군소리 말고 만나 보란 말이야. 너, 평생 후회

한다?"

"아뇨."

"아이 씨, 지금 엉기는 거냐? 생각이라도 해 보라고, 새 꺄."

생각해 볼 이유가 없습니다. 윤이나 선생은 제 짝이 될 수 없으니까요.

"해 봐. 이건 명령이니까."

"……네, 그러겠습니다."

"그래, 무조건 생각해 봐. 그건 그렇고 정선으로는 바로 내려갈 거야?"

"네, 오늘 차트 정리만 마치고 내려갈 생각입니다."

"알았어. 택진이랑 한은정 선생도 내 방으로 내려오라고 해. 그 쉽디쉬운 시험이라도 합격했으니 덕담이라도 해 줘 야지."

흐흐흐, 그냥 넘어가 주시는 것이 덕담입니다.

"네, 전하겠습니다."

"그래, 그동안 졸라 수고 많았다. 축하해."

"감사합니다."

♥

정선연희병원분원.

버스터미널에서 3시간 반을 달려 도착한 정선연희병원분원.

모든 것이 4년 전 그대로였다.

좁디좁은 병원 입구도.

허름한 간판도.

그리고 그곳을 지키고 있는 사람들도.

어느 것 하나 변한 것 없는 예전 그대로의 모습이었다.

"윤찬 쌤, 어서 와요!"

끼이익, 현관문을 열고 들어가자, 제일 먼저 나를 반겨 준 사람은 이곳의 터줏대감이자 수간호사 황진희였다.

그녀가 제일 먼저 나를 반겨 주었다.

"수간호사님! 저 오는 거 알고 계셨어요?"

"그럼요! 원장님이 윤찬 쌤 온다고 얼마나 떠들고 다니시던지, 말도 마세요. 아마 죽은 아들이 살아 돌아와도 그러진 않을 거예요."

"어휴, 정말요?"

"그럼요. 엄청 기다리고 계셨어요. 그나저나, 전문의 시험에 합격하시더니 더 멋져지셨는데요?"

황진희 간호사가 내 몸을 훑어 내렸다.

"그럴 리가요. 그냥, 예전이랑 똑같아요."

"아니에요. 예전에도 멋졌지만, 이젠 전문의 태가 확 나시는데요?"

"아이고, 무안해요. 그만하세요."

"무안하긴! 들어가요. 원장님 눈 빠지게 기다리고 계시니까."

"네. 그나저나 윤이나 선배님은요? 잘 계시죠?"

"그럼요! 이제 우리 병원 살림꾼 다 됐어요. 아마, 지금 진료 보고 있을 거예요."

"아…… 네."

"그럼 가요. 어휴, 우리 원장님 입 찢어지시겠네!"

황진희 수간호사가 입가에 함박웃음을 지어 보였다.

잠시 후, 원장실.

똑똑똑.

"원장님, 저 황진희입니다."

"들어와요."

나와 황진희 간호사가 문을 열고 안으로 들어갔다.

"왔나?"

무심한 척, 이상종 교수가 서류를 들척이며 바쁜 시늉을 했다.

"원장님! 좋으면 좋다, 싫으면 싫다 말을 좀 하세요. 괜히 그러시면 누가 있어 보인대요?"

"흠흠, 누가 뭐래?"

"하여간, 뻣뻣하시긴. 아들내미 왔으니 실컷 부자지정을 만끽하세요."

"개뿔, 부지지정은 무슨! 우린 성도 다른데? 그나저나 황 간호사, 안 바빠?"

이상종 교수가 입을 삐죽 내밀었다.

"알았어요, 알았어, 나갈게요! 나가라는 소리보다 더 무섭 네요."

황진희 간호사가 흐뭇한 미소를 지으며 밖으로 나갔다.

"앉아."

"네, 교수님."

"전문의 시험 수석 했다고?"

"네, 운이 좋았습니다."

"뭐, 대단한 것도 아니잖아? 이번에 응시생이 20명도 안 된다면서?"

"네, 그렇습니다. 19명 지원한 걸로 알아요."

"어휴, 진짜 문제네, 문제. 흉부외과나 응급의학과나 이게 돈이 안 되거든. 젠장, 뭐 좀 먹고살게 해 줘야 지원을 하든 말든 할 거 아냐?"

"그래도 우리 병원 사정은 좀 나은 편입니다. 세 명이나 응시했으니까요."

"맞아, 국립의료 센터는 수련의도 없어서 다른 병원에서 꿔 온다면서?"

"네, 좀 심각합니다."

"하여간, 너나 나나 3D 업종 종사자다. 안 그러냐?"

"후후후, 맞습니다."

"아무튼, 축하하고. 일정은 어떻게 되나?"

"3박 4일 일정입니다. 병원을 오래 비워 둘 순 없을 것 같아서요."

"하여간, 야박하네. 4년 동안 그렇게 뺑이를 치게 만들어 놓고, 겨우 3박 4일이냐?"

"그것도 과분합니다."

"하긴…… 우리가 놀 팔자는 아니지. 그나저나 숙소는?"

"뭐, 알아봐야죠?"

"인마, 알아보긴 뭘 알아봐! 이나가 사는 집에 빈방 하나 있으니까 거기 써."

"네?? 그, 그게 무슨 말씀이신지?"

"뭘 그렇게 토끼 눈을 뜨고 그러나? 이나랑 같이 쓰라고. 있는 동안."

"아니, 그건 좀!"

"하하하, 농담이야, 농담! 웃자고 하는 말에 그렇게 죽자고 덤비면 어떡하나?"

하하하, 이상종 교수가 화통하게 웃었다.

"아, 네."

"내 숙소 써. 방 남은 거 있으니까. 괜히 돈 쓰지 말고."

"그래도 되겠습니까?"

"빈방인데 무슨 상관이야?"

"네, 감사합니다."

"그나저나, 이따가 짐 풀고 요 앞 사거리에 돼지갈빗집으로 와. 간만에 귀한 손님이 왔는데, 밥이라도 한 끼 대접해야지."

"손가네 돼지갈빗집 말씀하시는 겁니까?"

"기억하나?"

"그게 아직도 있습니까?"

"당연하지. 이 황막한 곳에 그거라도 없으면 어찌 사누? 아무튼, 방 키 줄 테니까 짐 풀고, 좀 쉬다가 천천히 나오도록 해."

"네, 그렇게 하겠습니다."

"키가 어딨더라……."

"원장님!"

쾅, 그 순간 문을 박차고 들어온 사람. 윤이나 선배였다.

"어? 윤 선배!"

"윤찬 씨 언제 왔어요?"

윤이나 선배가 나를 보더니 눈을 깜박거렸다.

미소 지을 때 파이는 보조개가 여전히 싱그러운 그녀였다.

"네, 지금 막이요."

"어휴, 하필!"

그 싱그러움도 잠시, 윤이나의 표정이 급 어두워지는 듯했다.

"윤 선생, 왜 그래?"

"아휴, 그게. 장원탄광에서 사고 나서 부상자가 생겼나 봐요. 병원까지 운송하기 곤란한 것 같아요."

"뭐라고, 탄광 안에서?"

"네, 아무래도 좀 심하게 다친 것 같아요."

"어쩐지 한동안 좀 잠잠하다 싶었다!"

"어쩌죠?"

"뭘 어째! 내가 가 봐야지."

"저도 가겠습니다."

"아이고, 사명감 투철하신 건 인정하겠지만, 참으시죠, 김윤찬 닥터."

"그래도……."

"뭐가 그래도야. 자넨, 일단 내 숙소로 가서 쉬고 있어. 금방 다녀올 테니까."

"아니, 그래도."

"쓰읍, 원장이 까라면 까지 무슨 말이 그렇게 많아?"

"아…… 네, 알겠습니다."

"이나야, 네가 윤찬 선생 숙소에 좀 데려다줘라."

"네, 그럴게요. 조심히 다녀오세요, 삼촌!"

"뭐, 이런 게 원 투 데이니? 후딱 응급조치해서 환자 데리고 오마. 밖에 소방대원들 대기하고 있지?"

"네, 삼촌."

"아이고, 내 팔자야. 하긴, 내가 편안히 쉴 팔자는 아니지."

이상종 교수가 투덜거리며 원장실을 빠져나갔다.

탄광 사고

이상종 교수 숙소.

"교수님 괜찮을까요?"

난 이상종 교수님이 걱정스러워 윤이나한테 물었다.

"괜찮아요. 흔한 일이니까."

"후우, 이런 사고가 잦습니까?"

"그럼요. 이틀 걸러 한 번씩은 비상 콜이 오죠. 요즘은 탄광 사정이 안 좋잖아요. 거의 폐광 직전인 곳이 대부분이라 안전사고가 빈번한 편이죠."

장원탄광.

70~80년대 석탄 수요가 최고조에 달했던 시절, 우리나라 최고 규모의 탄광이었다.

한 번에 1백여 명을 태울 수 있는 거대 엘리베이터. 대형 승강기를 타고 지하로 내려가게 되면 50미터마다 갱도가 형성되어 있었다.

한때는 열 개의 갱도에서 수천 명의 광부들이 동시에 채굴 작업을 했었을 정도로 매머드급 탄광이었다.

하지만 1990년대 이후 석탄 수요가 급감하면서 채산성이 맞지 않아 그 규모를 대폭 줄였으며, 그에 따라 탄광 관리 또한 소홀해졌다.

이 때문에 크고 작은 안전사고가 비일비재했다.

"그렇군요. 그러면 교수님이 갱도 안으로 들어가시기도 합니까?"

"그럼요. 삼촌은 이미 반광부예요. 이송할 시간이 없는 응급 환자가 발생하면 들어갈 수밖에 없죠."

"아, 그렇군요. 위험할 것 같은데."

"저도 들어가는걸요."

윤이나가 대수롭지 않다는 듯이 어깨를 으쓱거렸다.

"선배님도요?"

"그럼요. 우리 병원에 외과 의사가 넘쳐 나는 것도 아니고, 꼴랑 삼촌이랑 저뿐인걸요."

"외과요? 선배님 소아과 전공이시잖아요?"

"아! 내가 윤찬 쌤한테 말씀 안 드렸구나? 저, GS(일반외과)로 바꿔서 이번에 전문의 자격 땄어요."

"정말요??"

"네네, 아무래도 여기서 일하려면 메스를 쥘 일이 많으니까요."

"……그렇군요. 힘들지 않아요?"

"호호, 왜 안 힘들어요? 당연히 죽죠."

윤이나가 커피를 홀짝거리며 말했다.

"그럼 서울로 올라오시지."

"서울이라……. 홍대는 잘 있죠? 광화문에 이순신 장군님도 무사하시고?"

"아, 네. 잘 계십니다."

괜한 질문이었다.

윤이나는 서울에 대한 미련 따위는 없었다.

정선은 그녀를 필요로 했고, 그녀는 기꺼이 정선이 내민 손을 잡아 주었다.

이제 그녀에겐 이곳이 서울이었다.

"윤찬 쌤, 농담 받아치는 실력이 많이 늘었네요?"

"그런가요?"

"네네, 많이 늘었어요. 이 방이에요. 제가 청소를 해 둔다고 해 놨는데……."

윤이나가 방문을 활짝 열었다. 그러자 깨끗하게 정돈된 아담한 방이 한눈에 들어왔다.

"좋네요!"

"다행이에요. 윤찬 쌤, 차 한잔 할래요?"

"좋죠."

그렇게 방 구경을 한 난, 그녀와 함께 거실로 나왔다.

"향이 참 좋네요?"

"그쵸? 이거 에티오피아산 원두인데, 환자분이 선물해 주신 거예요."

"아, 그래요?"

모락모락 김이 나는 커피 향과 내가 좋아하는 사람들.

오랜만에 느껴 보는 여유였다.

"그럼 택진 쌤은 바로 군 복무를 하는 건가요?"

"뭐, 군 복무는 아니고 정확히 말하면 대체 복무죠. 공보의 신청한다고 하더라고요."

"와! 벌써 4년이나 흘렀네요. 시간 참 빠르죠?"

"그쵸."

"택진 쌤, 콧줄도 제대로 못 잡았는데……."

까르르, 지난날을 추억하던 윤이나의 얼굴에 웃음기가 가시지 않았다.

"저도 내일부터는 병원에 나가서 환자 볼게요. 손도 많이 부족할 텐데."

"됐거든요!"

윤이나가 어이없다는 듯이 손바닥을 펼쳐 보였다.

"아니, 그래도."

"됐어요. 이곳이 탄광촌이긴 하지만 곳곳에 숨은 보석들이 많답니다. 괜히 쓸데없는 오지랖 피우지 마시고 관광이나 하세요."

그래요. 참 아름다운 곳이죠. 저도 잘 압니다.

"아, 알았어요. 그래도 병원 구경은 괜찮겠죠?"

"어휴, 하여간 누가 의사 아니랄까 봐. 맘대로 해욧!"

윤이나가 어이없다는 듯이 혀를 내둘렀다.

그렇게 우린 4년간의 공백을 메우며 이런저런 얘기를 나누고 있었다.

그 순간, 울리는 한 통의 전화. 분원 황진희 간호사의 콜이었다.

"네, 이나예요."

-이나 쌤, 큰일 났어요!

황진희 간호사의 다급한 목소리가 수화기를 뚫고 나왔다.

"무슨 일인데요?"

윤이나가 나를 쳐다보며 물었다.

-어, 어쩌죠?

웅성웅성.

웅성거리는 소리가 수화기를 통해 고스란히 전해지는 듯했다.

"무슨 일인데요? 간호사님, 당황하지 마시고 천천히 말씀해 보세요."

윤이나의 표정이 조금 심각해 보였다.

-저, 저도 잘은 모르겠는데, 발파 작업 당시에 불발탄이
존재했었나 봐요. 그게 터지는 바람에……. 대부분의 광부
들은 빠져나왔는데, 안쪽에 계셨던 교수님이 갇히신 것 같
아요!

"네?? 삼촌이요?"

윤이나의 눈동자가 부풀어 올랐다.

-아픈 환자가 있었는데, 교수님이 그 환자를 치료하시느
라 미처 빠져나오지 못한…….

황진희 간호사 역시, 울먹거리며 말을 잇지 못했다.

"구, 구조대는요?"

-네, 정선소방서에서 구조대원들하고 장원산업 사람들이
하고 있어요.

결국, 일이 터진 모양이었다.

"삼촌이 안에 있다는 건가요?"

-그, 그런 것 같아요.

"그, 그럼 어떻게 되는 건가요?"

덜덜덜, 수화기를 들고 있던 윤이나의 손이 떨리기 시작했
다.

-그게…….

"저, 김윤찬입니다."

난, 정신이 반쯤 나간 윤이나의 손에서 전화기를 낚아챘다.

　-윤찬 쌤!

"지금 소방서에서만 왔나요? 군이나 119특수구조대는요?"

　-그건 잘 모르겠는데…….

젠장!

갱도가 무너졌다면 소방서 인원 정도로는 어림도 없다.

"간호사님, 침착하시고, 지금부터 제가 하는 말 잘 들으세요."

　-네네, 말씀하세요.

여전히 황진희 간호사의 목소리는 떨리고 있었다.

"갱도 안에 갇힌 사람이 몇 명이나 된다고 하나요?"

　-정확히는 모르겠지만 교수님을 포함해서 대략 3~4명 정도 된다고 연락을 받았어요.

"3~4명이라……. 갱도가 무너졌으면 제일 문제가 되는 게, 유독가스하고 석탄층에서 뿜어져 나오는 지하수일 거예요. 일단, 병원에 있는 산소마스크, 최대한 많이 확보해 주세요."

　-네네, 알았어요.

"그리고 간호사님! 펜 있으시면 꺼내서 적으세요."

　-네, 말씀하세요, 윤찬 쌤!

교수님이 직접 갱도 안으로 들어갔다면, 뭔가 초응급 상황이 발생했을 거야.

"천자로 쓸 주사기하고 폐 삽관할 카테터도 준비해 주시고, 에피네프린(교감신경 자극제)하고 아트로핀(부교감신경 차단제)도 챙겨 두셔야 합니다. 그 밖에 부목이랑 응급 키트도요. 아, 휴대용 제세동기도!"

─네에, 준비는 하겠지만, 설마 직접 들어가시려고요?

"들어가야 할 상황이면 들어가야죠."

─안 돼요! 위험할 텐데……

"안에 교수님이 계시잖아요. 어쩌면 위급한 상황일지도 모릅니다."

─……아, 알았어요.

"네네, 지금 바로 병원으로 가겠습니다."

─알았어요.

"그래요. 이나 쌤, 시간 없으니까 빨리 병원으로 갑시다."

"네."

"제가 운전할게요."

"아…… 네."

운전대를 잡고 있던 윤이나의 손이 마구 떨렸다.

그렇게 난 차를 몰고 급히 병원으로 향했다.

어릴 때 아버지를 따라 구경 삼아 갱도에 들어간 경험이

여러 번 있다.

갱도가 무너졌다 하더라도, 노련한 광부들이라면 분명 채탄승(오르막 갱도)까지는 어렵지 않게 도달했을 거야.

거기까지만 도달하면 물이 차지 않을 테니, 충분히 당분간 버틸 수는 있다.

하지만 그것도 유독가스가 발생하지 않는다는 가정하에서나 그렇지.

유독가스가 발생하기 시작하면 길게 잡아야 골든 타임은 지금부터 24시간 정도일 것.

하지만 응급 환자가 존재한다면 얘기는 또 달라진다. 골든 타임은 더 짧아질 것.

최대한 빨리 구조해야 해!

부웅, 난 잡고 있던 핸들에 힘을 주었다.

♥

정선분원.

웅성웅성.

"으아악! 사, 살려 줘."

"다, 다리에 감각이 없어요!"

사방에서 울려 퍼지는 신음 소리와 분주하게 움직이고 있는 간호사들.

베드가 없어 바닥에 매트를 깔고, 의료진이 환자를 치료하고 있었다.

한마디로 병원은 전쟁터와 같은 아비규환 속이었다.

"윤찬 쌤!"

우리가 병원에 도착하자 정신없이 환자를 보고 있던 황진희 간호사가 다가왔다.

"현장 상황은요?"

"아직 모르겠어요. 여기도 지금 난리라서요. 일손이 너무 부족해서, 일단 인근 병원에 지원 요청을 해 뒀습니다."

"박한 교수님!"

그 순간, 마취과 박한 교수의 모습도 보였다. 이마가 심하게 찢어진 남자를 직접 치료하고 있었다.

"오랜만이야, 윤찬 쌤. 근데 어쩌지, 환영 파티는 나중에 해야 할 것 같은데?"

"상관없습니다. 신경 쓰지 마십시오."

"여, 여기요! 저 아파 죽겠습니다. 어떻게 좀 해 줘요!"

으아악, 또 다른 곳에서 찢어지는 비명 소리가 터져 나왔다.

"네네, 갑니다, 가요! 우리 나중에 보자고!"

이미 봉합을 마친 박한 교수가 의료 키트를 들고 뛰어갔다.

단 한 사람의 의료진이 아쉬운 상황이었다.

"……간호사님, 제가 부탁한 건요?"

"밖에 준비해 뒀어요. 그나저나, 정말 들어가실 생각이에요?"

황진희 간호사가 걱정스러운 듯 물었다.

"다른 방법이 없잖아요. 지금 상황에 그곳에 들어갈 의사는 아무도 없을 겁니다. 저라도 들어가야죠."

"고, 고마워요, 윤찬 쌤! 우리 원장님 좀 꼭 부탁해요. 원장님도 많이 다치신 것 같아요!"

내 손을 꼭 붙잡는 그녀. 어느새 황진희 간호사의 눈두덩이가 붉게 물들어 있었다.

"저도 같이 가요!"

그러자 윤이나가 입술을 악다물며 나섰다.

"아뇨, 안 돼요."

난 단호하게 그녀의 말을 잘라 버렸다.

"왜, 왜요? 삼촌이 거기 있다잖아요."

"아뇨, 그럼 저 사람들은 누가 봅니까?"

난 손가락을 들어 신음하고 있는 환자들을 가리켰다.

"그, 그건."

"이 병원에 외과 의사라고는 이나 쌤밖에 없잖아요. 박한 교수님도 저렇게 나서는 상황에서 그럴 순 없어요."

"아무리 그래도……. 그래도 제가 가야 해요. 저도 삼촌 따라 몇 차례 들어가 봐서 거기 잘 알아요. 그러니까 윤찬 쌤이 박한 교수님을 좀 도와주시고, 제가 들어가는 게……."

"거기! 저도 잘 압니다."

"네?? 그게 무슨 말이에요?"

"거기 자주 가 봤으니까요."

"아니, 그게 대체 무슨……?"

"……길게 설명은 못 드리겠고, 아버지가 이곳 광부셨어
요."

"뭐라고요?"

윤이나가 깜짝 놀란 표정을 지었다.

"네! 여기가 제 고향이라고요. 어릴 때 아버지 따라서 갱
도에 자주 들어갔습니다. 경험은 제가 선배님보다 더 많습
니다."

"저, 정말요?"

"네네, 그러니까 가도 제가 가는 게 맞아요. 선배님 손에
수많은 환자의 목숨이 달렸어요. 그들 역시 원장님만큼이나
중요한 사람입니다."

"……."

윤이나가 어깨를 들썩이며 흐느꼈다.

"이곳에 집중해 주세요. 교수님은 제가 꼭 모시고 나오겠
습니다."

"……."

여전히 윤이나가 망설이고 있었다.

"저, 믿으세요. 꼭! 교수님 모시고 나올 테니까!"

난 윤이나의 양어깨를 꽉 잡았다.

"아, 알았어요."

그제야 윤이나가 고개를 끄덕였다.

그렇게 사고는 터졌고, 난 황진희 간호사가 준비해 준 의료 장비들을 들고 사고 현장으로 향했다.

제발, 교수님! 살아만 계십시오.

장원탄광 사고 현장 입구.

삐뽀삐뽀!

아아악!

찢어지는 듯한 비명 소리로 천지가 진동했다.

아아!

들것에 실려 나오는 사람들.

어떤 이는 피 칠갑을 해 얼굴을 알아볼 수도 없었고, 어떤 이의 허벅지에는 금속 조각이 박혀 있었다.

"빨리 정선병원으로 옮겨!"

"거기도 이제 꽉 차서 어려운데요!"

"뭐야? 그러면 빨리 다른 병원을 수배해야 할 것 아냐?"

"네, 알겠습니다."

다행히(?) 갱도가 무너지기 전에 구조대원들에게 구출된 부상자들이 줄지어 나왔고, 각기 인근 병원으로 이송을 서두르고 있었다.

사고 현장은 한마디로 폭탄 세례를 얻어맞은 전쟁터 같았다.

"비키세요! 비켜요!"

그렇게 달려간 사고 현장. 희뿌연 연기가 솟아오르고 정선 소방서에서 나온 구급대원들이 분주히 움직이고 있었다.

"어떡하면 좋아? 갱도가 무너졌다면서?"

"그래, 발파 작업을 하다가 그랬대."

"내가 사달이 나도 날 줄 알았어! 그렇게 위험하다고 입이 닳도록 일렀건만."

"남은 사람은 얼마나 되나?"

"모르겠어. 서너 명 남았다고 하던데?"

"연희병원 원장도 안에 있다던데?"

"그렇다고 하더라고."

"어휴, 이거 큰일이구먼."

갱도 입구엔 경찰들이 바리케이드를 치고 일반인의 출입을 통제하고 있었다. 그 주위로 인근 주민들이 쏟아져 나와 발을 동동 구르고 있었다.

저게 다야? 저거 가지고는 어림도 없어!

단순 사고가 아니었다.

일반 건물이 무너져도 구조가 쉽지 않은데, 갱도가 무너졌으니 오죽하랴.

특수 장비를 동원해도 모자랄 판에, 구조 환경은 이보다 더 열악할 수 없는 상황이었다.

아무짝에도 쓸데없는 소방차 두 대.

이미 구출된 광부들을 실어 나르는 앰뷸런스 몇 대.

사고 현장으로 내려보낼 곤돌라를 매단 초라한 기중기 차량 한 대가 고작이었다.

게다가 현장에 나와 있는 구조대원은 10여 명.

모두 정선소방서에서 차출된 구급대원들이었다.

물을 빼낼 대형 양수기도.

유독가스를 정화할 서큘레이터도.

광산 전문가도.

정부 위기대응팀을 기대하는 것은 사치였으리라.

이미 폐광을 앞둔 촌구석 탄광.

그 누구도 관심을 두지 않았다.

고작 지역 신문사 몇 곳과 지방 방송사에서 취재차 나와 있을 뿐, 그 누구도 관심을 두지 않았다.

그들은 철저하게 외면당하고 있었다. 언제나 그랬듯이.

"연희병원 의사입니다. 지금 상황이 어떻게 되고 있는 거죠?"

난 구조대원으로 보이는 사람을 붙들고 물었다.

"아, 네. 대부분의 광부들은 탈출에 성공한 것 같고, 몇몇이 광산 안쪽에 고립된 것 같은데, 지금은 통신이 먹통이라 상황을 알 수 없군요. 일단, 채탄승까지는 대피한 걸로 알고 있습니다. 거기까진 통신이 됐으니까요."

"채탄승이요?"

"네, 다행히도 거기까진 무사히 이동한 것 같습니다."

다행이야! 그렇다면 아직 희망은 있어.

"혹시, 연희병원 원장님 소식은요? 안에 저희 교수님이 들어가셨다고 들었습니다."

상황을 확인할 수 없어 애가 바짝바짝 탔다.

"……아, 이상종 교수님 말씀이십니까?"

그 역시, 이상종 교수를 알고 있었다.

"그렇습니다. 안전하신 겁니까?"

"솔직히 거기까진 모르겠고, 응급 환자와 같이 채탄승에 계신 것 같습니다. 일단 용케도 거기까진 움직이신 것 같더라고요. 그 이후에 통신이 끊겼습니다. 그 뭐더라…… 뭐더라…… 텐션 뉴 어쩌고 그러던데? 그래서 천자인가? 그걸 해야 한다고 했어요."

구급대원이 고개를 갸웃거렸다.

"텐션 뉴모소락스(긴장성 기흉) 말입니까?"

"아, 맞다! 맞아요, 그거."

구급대원이 격하게 고개를 끄덕였다.

흥강천자!

역시, 텐션 뉴모소락스(긴장성 기흉) 환자가 있었어!

천자가 필요하다고 했다면, 도구가 없다는 건데…….

난 한시라도 빨리 갱도 안으로 진입해야 했다.

"교수님 건강은 어떻다고 하십니까?"

"아, 저도 자세히는 모르겠습니다. 부상을 당하신 것 같긴 한데……. 야야, 천천히 옮겨! 선생님, 죄송하지만 제가 지금 정신이 없어서요."

구급요원이 손짓도 모자라 발짓까지 하며 대원들에게 지시했다.

"아, 네."

잠시 후, 난 응급 장비들을 챙겨 사고 현장으로 이동했다.

"통제구역입니다. 들어가시면 안 돼요."

바리케이드를 넘어 안으로 들어가려 하자 경찰이 막아섰다.

"연희병원의 의사입니다. 갱도 안에 응급 환자들이 있습니다. 제가 안으로 들어가야 할 것 같습니다."

"연희정선분원 말씀이십니까?"

"네, 구조대장님께 드릴 말씀이 있으니 들어가게 해 주십시오."

난 경찰관에게 연희병원 출입증을 내보였다.

"그래요? 잠시만요. 여기는 입구! 현장 나와라 오버!"

"……."

"연희병원에서 의사 선생님이 오셨는데, 대장님께 전할 말씀이 있으시답니다."

"……."

"네, 일단 들어가셔도 좋습니다."

잠시 후, 경찰관이 고개를 끄덕이며 나를 안으로 들여보냈다.

갱도 앞.

"야야야야! 조심히! 그러다 입구 무너지면 X 되는 거야! 가뜩이나 언제 무너질지 모르는데!"

"네, 알겠습니다."

"야이 새끼야! 아래 지반이 어떻게 생겨 먹었는지도 모르는데, 거기를 쑤셔 박으면 어떡해! 시팔! 뒈지고 싶어 환장했냐?"

"죄송합니다!"

간신히 허락을 받고 들어간 사고 현장. 구조대원들은 우왕좌왕했고, 구조대장으로 보이는 남자의 입에서는 험한 말이 쉴 새 없이 튀어나왔다.

상황은 예상했던 것보다 더 심각했다.

무너져 내린 갱도 안으로 진입할 수 있는 입구를 간신히 찾았으나, 겨우 한 사람도 들락거리기 힘들 만큼 좁았다.

수조가 터진 갱도 안은 물이 차 있었고, 언제 유독가스가 터져 나올지 모르는 상황이었다.

"야, 국토지질연구 센터에 연락해 봤어?"

"네네."

"그 양반들 언제 온다던?"

"모르겠습니다."

"시팔, 몰라? 그게 최선이야?"

"어휴, 지금 협의 중이라는데 어떡합니까?"

"제기랄, 다 죽고 난 다음에 오려고? 협의는 무슨 말라비틀어질 협의야? 하여간 정부 것들은 진짜! 있는 것들이 저렇게 갇혔으면 이랬겠냐고!!"

구조대장이 입에 게거품을 물며 분을 삭이지 못했다.

갱도 안의 지반 상태를 정확히 파악할 수 없기에 선뜻 구조 작업을 펼칠 수 없는 난감한 상황이었다.

"저, 연희병원의 김윤찬이라고 합니다."

"네, 구조대장 윤상구입니다. 의사시라고요?"

윤상구가 내 몸을 훑어 내렸다.

"네, 맞습니다. 지금 상황은 어떻습니까?"

"접근이 쉽지 않네요."

"갱도 안에 사람들이 죽어 가고 있습니다. 최대한 빨리 구조 작업을 펼쳐야 해요."

"네, 저희도 최선을 다하고 있습니다. 그런데 이게 그렇게 말처럼 쉬운 일이 아니라서."

난감한 표정의 윤상구 구조대장이 미간을 찌푸렸다.

"워터 펌프는요?"

"지금 본부에 요청해 둔 상황인데, 그게 여의치 않나 봅니다."

"서큘레이터는요?"

"뭐, 그것도 마찬가지이긴 합니다만……. 그나저나 의사 선생님이 그런 걸 어떻게 다 아십니까?"

윤상구가 깜짝 놀란 표정으로 되물었다.

"가스를 빼내려면 서큘레이터가 필요하고 차오른 물을 빼려면 당연히 대형 양수기가 필요하겠죠. 그건 중요한 게 아니고, 빨리 구조 작업을 시작하셔야 합니다."

"네, 저희도 최선을 다하고 있습니다."

젠장, 최선 가지고는 안 돼!

"지금 상황이 최선을 운운할 때는 아닌 것 같은데요?"

"그러면 어떡합니까, 우리가 할 수 있는 게 아무것도 없는데? 일단, 본부에서 연락 오길 기다려 봅시다. 젠장, 나도 지금 답답해 죽겠수다."

윤상구가 오만상을 찌푸리며 답답해했다.

연락은 오지 않을 것이다.

지금까지 대한민국은 늘 그래 왔으니까.

"……제가 안으로 들어가겠습니다!"

"네네, 당연히 안으로 들어가……. 뭐, 뭐라고요?"

발로 흙을 고르던 윤상구 구조대장의 눈동자가 부풀어 올랐다.

"제가 갱도 안으로 들어가겠다고요!"

"이 사람이 미쳤나? 안 돼요! 절대 안 됩니다! 들어가긴 어딜 들어가? 죽으려고 환장했습니까?"

화들짝 놀란 윤상구 구조대장이 손사래를 치며 질색했다.

"그러면 어떡합니까? 안에 촌각을 다투는 환자들이 있습니다. 마냥 손 놓고 기다리기엔 시간이 없어요."

"……하아, 미치겠네. 갱도가 뭔지는 알고 말씀하시는 겁니까? 그러다가 무너져 내리면……."

윤상구가 아랫입술을 잘근거렸다.

"저도 이곳에서 나고 자랐습니다. 여기 사람들 전부 광부들입니다. 제 아버지도 그랬고."

"그거야……."

"제가 이곳은 구조대장님보다 더 잘 압니다. 안에서 사람이 죽어 간다고요. 골든 타임이 지나면 아무 소용 없습니다."

"……정말 안으로 들어가실 겁니까?"

윤상구 구조대장이 난감한 듯 뒷머리를 긁적거렸다.

"네, 들어가야 합니다."

솔직히 어디서 이런 용기가 나오는지 모르겠다.

두렵다.

저곳에 들어가면 못 나올 수도 있다.

그래서 나 스스로에게 물었다.

만약 내가 저곳에 갇혔을 때, 고함 교수님이라면 어떻게 했을까?

이상종 교수님이라면?

그랬더니 바로 답이 나오더라.

그들은 미련 없이 나를 구하기 위해 나서리라.

분명히!

그래서, 나도 그렇게 할 뿐이다.

"답 없는 양반이네……. 정말 들어가시겠다는 거요?"

윤상구 구조대장이 믿을 수 없다는 듯이 되물었다.

"네, 시간 없다고 말씀드렸을 텐데요."

"……선생님 성함이 어떻게 되신다고요?"

"김윤찬이라고 합니다. 제 이름은 왜 여쭈십니까?"

"그냥요. 나 살다 살다 당신같이 무식한 양반은 처음이라, 이름이라도 알아 두려고 그러는 겁니다."

윤상구 구조대원이 혀를 내둘렀다.

"네, 기억해 주셔서 감사합니다. 나중에 심장이나 폐에 문제 생기면 절 찾아오십시오."

"허허, 지금 농담이 나옵니까?"

"그럼 울까요? 그건 그렇고 빨리 허락해 주십시오."

"하아, 이러면 빼박인가? 내가 안 된다고 해도 기어이 들어가시겠죠?"

윤상구 구조대장이 한 번 더 확인 사살을 하는 것 같았다.

"그렇습니다."

"아, 알았어요. 따라오슈."

그가 할 수 없다는 듯이 손을 흔들었다.

"네."

구조대장과 난 노란색 통제선을 걷어 올린 후, 통제구역 안으로 이동했다.

"일단, 이걸 좀 읽어 보십시오."

윤상구 구조대장이 내게 파일철을 건네주었다. 구조 매뉴얼이 담긴 문서였다.

"네."

"읽어 봤습니까?"

"네, 그렇습니다."

"좋수다. 상황이 급하니까 간단히 설명드리겠습니다. 지금 현재 조난자들은 채탄승, 1번 갱도 안쪽에 있는 걸로 확인……."

윤상구 구조대장이 테이블 위에 지도를 펼친 채, 지휘봉을 들고 내부 상황을 설명했다.

"곤돌라를 타고 1백 미터 하강, 갱도 입구에서 약 70미터 지점에서 우회전, 그곳에서 약 40미터 지점에 채탄승이 있습니다."

"대장님, 갱도 위치는 저도 잘 알고 있습니다. 시간 없어요. 빨리 들어가야 합니다."

"쩝, 아, 알았다고요! 그래도 설명할 건 해야 하지 않습니까."

"빨리 준비해 주십시오."

"네네! 일단, 저희가 로프를 연결해 드릴 테니까, 혹시라도 무슨 일이 생기면 바로 잡아당기십시오. 선생님이라도 끌어 올려야 하니까."

"네, 그러죠"

"후우, 이제 그러면 우리 쪽 대원도 한 명 붙여 줘야겠는데⋯⋯. 정 대원?"

윤상구 구조대장이 주변을 둘러보자 대원들이 슬금슬금 자리를 피했다.

"하아, 하여간 구조대원이라는 것들이⋯⋯ 박상국 대원⋯⋯."

윤상구 구조대장의 말이 떨어지기가 무섭게 박상국 대원이 손을 내저으며 뒷걸음질을 쳤다.

그 누구 하나 나서는 대원이 없었다.

"대장님, 제가 이 선생님과 함께 들어가겠습니다."

그 순간, 한 남자가 헐레벌떡 윤상구 구조대장에게 달려왔다.

순하게 생겼지만, 제법 덩치가 있는 우람한 남자였다.

"뭐? 한용기, 네가 같이 들어가겠다고?"

윤상구 구조대장의 동공이 커졌다.

"네, 제가 같이 가겠습니다. 도저히 저 의사 선생님만 안에 들여보낼 수 없습니다!"

그는 신입 구조대원 한용기였다.

"……그래? 괜찮겠어?"

"물론이죠. 민간인도 이렇게 사람 구하겠다고 나서는데, 도저히 부끄러워서 가만있을 수 있어야 말이죠."

한용기가 머리를 긁적거렸다.

"네 마누라, 만삭이라면서?"

윤상구 구조대장이 걱정스러운 표정으로 물었다.

"네, 오늘내일합니다."

"그래도 괜찮겠어?"

"네, 우리 희망이한테 부끄럽지 않은 아빠가 되고 싶습니다."

"……태명이 희망이냐?"

"네."

"후우, 아들이야, 딸이야?"

"그건 모르겠는데, 의사 선생님이 파란색이 어울릴 것 같다고 하는 걸 보니 아들인가 봅니다."

한용기 대원이 해맑게 웃었다.

"험한 세상이라 아들이 키우기 좋긴 하지. 근데 너, 진짜 후회 없겠냐? 한 번만 더 생각해 봐."

"물론입니다. 제가 저 의사 선생님 모시고 들어가겠습니다."

"하아, 그래. 내가 널 어떻게 말리겠냐, 자식한테 부끄럽지 않은 아빠가 되겠다는데."

"네, 감사합니다."

"……아무튼 조심하자. 의사 선생님도 잘 보필하고. 위험하면 바로 무전 쳐라. 응?"

"넵!"

한용기가 씩씩한 자세로 거수경례했다.

"선생님, 저랑 같이 내려가시죠!"

한용기가 눈에 힘을 주며 말했다.

"괜찮으시겠습니까?"

"하하하, 그건 선생님이 하실 말씀은 아닌 것 같은데요? 구조대원은 접니다."

한용기가 자신의 가슴을 툭툭 건드리며 자신감을 내보였다.

"아, 네."

"저, 구조대원 일 하기 전에 병원에서 물리치료사로 일한

적 있습니다."

"정말입니까?"

"네네. 비록 큰 도움은 되지 않겠지만, 제가 도울 일이 있을지도 모르겠군요. 게다가 산소통에 구급 키트까지, 선생님 혼자 가지고 내려가기는 무립니다."

"네, 고맙습니다."

솔직히 천군만마를 얻은 기분이었다.

"고맙긴요. 제가 고맙죠. 선생님 덕분에 제가 무슨 일을 하는 사람인지 깨달았습니다. 제 직업이 뭔지 잠시 잊고 있었던 게 부끄럽습니다."

한용기 대원이 씩씩하게 말했다.

"……."

"선생님 덕에 부끄럽지 않은 아빠가 될 수 있을 것 같네요. 우리 같이 힘을 모아서 안에 있는 사람들 안전하게 모시고 나오자고요."

한용기가 해맑게 웃으며 이마를 긁적였다.

"네! 그래요, 우리 한번 해 봅시다."

그렇게 의기투합한 나와 한용기 대원은 주의 사항을 숙지한 후, 곤돌라 앞에 섰다.

"일단, 입구가 협소한 관계로 내부 지리를 잘 알고 있는 김윤찬 선생님 먼저 내려가고 그 뒤를 한 대원이 따라갈 겁니다."

윤상구 구조대장이 심각한 표정으로 투입 작전을 설명했다.

"네, 알겠습니다."

"두 분은 로프로 연결해 둘 거고, 만약에 예상치 못한 상황이 발생할 시엔 로프를 당겨 주십시오. 그러면 저희가 바로 구출토록 하겠습니다. 한용기 대원은 전방 주시 잘하고 선생님과 일정한 거리를 유지하도록!"

상세히 구출 작전을 지시하는 구조대장이었다.

"네, 그렇게 하겠습니다."

"무조건, 문제가 생기면 무리하지 마십시오. 저 한용기 대원 와이프가 내일모레 출산입니다. 오늘도 못 나오게 그렇게 말렸건만, 억지로 나온 놈이에요. 부탁합니다. 선생님도 제발 조심하시고요."

윤상구 구조대장이 내 손을 잡고 간곡하게 부탁했다.

"네, 걱정 마십시오. 안에 있는 환자들과 함께 안전하게 밖으로 나오겠습니다."

"어휴, 끝까지 그냥 나오시겠다는 말씀은 안 하시는군요?"

"그냥 나오려면 들어가지도 않았습니다."

"그래요! 대장님, 걱정 마십시오! 어차피 세상에 나왔으면 폼 나게 살아야죠. 저도 절대로 그냥 나오지는 않겠습니다."

한용기 대원이 두 주먹을 불끈 쥐었다.

"하여간……. 두 사람 다 뭘 그렇게 용감해? 화제의 인물로 TV에 나오고 싶어서 그럽니까?"

"그럼 좋죠! 녹화해서 두고두고 우리 희망이한테 자랑할 겁니다."

한용기 대원이 환하게 웃었다.

"미친놈! 그나저나 이거 가지고 들어가십시오."

윤상구 구조대원이 자신의 무전기를 내 손에 쥐여 주었다.

"이게 뭡니까?"

"제 무전기입니다. 한 대원도 가지고 있긴 한데, 혹시 몰라 선생님께 드리는 겁니다. 혹시라도 고립되실 경우엔 바로 저희에게 무전을 쳐 주십시오. 저희가 어떻게든 구해 드리도록 하겠습니다."

"네, 고맙습니다."

"그리고 사과드리겠습니다."

"뭘요?"

"제가 무례하게 굴었다면 용서하십시오. 너무 멋지셔서 제가 좀 샘이 났습니다."

고개를 숙여 정중하게 인사하는 윤상구 구조대장이었다.

"아닙니다. 제가 대장님이라도 그랬을 겁니다. 제가 어디 제정신입니까?"

"하하하, 그렇게 되는 겁니까?"

"네, 맞습니다. 정신이 제대로 박힌 인간이면 이런 무모한 짓을 하겠습니까?"

"존경합니다, 선생님."

"무슨 존경씩이나요. 안에 교수님이 계셔서 잘 보이려고 발악하는 겁니다."

"이미 의사 선생님이 되신 거 아닙니까?"

"아뇨아뇨. 이 바닥이 원래 그래요. 교수님한테 잘 보여야 뭐, 출세도 하고 성공도 하고 그럽니다."

"어휴, 어딜 가나 그놈의 정치질이 빠지는 곳은 없군요."

"그렇죠. 사람 사는 게 다 그렇습니다."

"그나저나 이따가 나오시면 저랑 소주나 한잔 합시다. 돼지 껍데기 잘하는 집을 아는데."

"그냥 넘어가시려고 그러셨습니까?"

"하하하, 하여간 못 말릴 양반이네. 좋아요! 자, 그럼 시작해 볼까요?"

"네, 준비됐습니다."

지이이잉.

그렇게 시작된 구출 작전.

난 곤돌라 줄에 몸을 맡긴 채, 협소한 갱도 안으로 들어가기 시작했다.

덜컹덜컹.

곤돌라가 한 번씩 덜컹거릴 때마다 내 심장도 덜컥거렸다.

마치 놀이동산 자이로드롭을 타고 천천히 올라가는 기분

이랄까?

아니면, 바이킹이 천천히 움직일 때 같다고나 할까?

아래로 내려갈수록 조금씩 어두워지는 갱도 안.

영화를 보면 박쥐가 튀어나오던데.

아무튼, 묘한 두려움이 온몸을 감싸는 기분이었다.

"선생님, 괜찮으십니까? 아무 걱정 마십시오. 제가 뒤에 있으니까!"

"네네, 괜찮습니다."

그나마 다행이었다.

든든한 한용기 대원이 내 뒤를 지켜 주고 있었으니 말이다.

저 시커면 어둠 속에서 박쥐가 튀어나오든, 괴물이 아가리를 벌리든 한용기 대원이 다 해치워 줄 것 같았다.

"파이팅!"

밖에 있던 구조대원들이 내려가는 우리를 응시하며 양 주먹을 불끈 쥐었다.

김 할머니 자택.

"반도야, 니 어디니?"

ㅡ네, 어머니. 지금 국토분과 위원들하고 식사 중입니다.

같은 시각.

김 할머니가 국회의원 한반도에게 전화를 했다.

"국토분과 의원들하고 지금 한가하게 밥을 처먹고 있다는 거니?"

—네, 어머니. 무슨 일이십니까? 급하지 않으시면 제가 조금 있다…….

"이 간나 새끼야! 정선 소식 들고도 목구녕에 밥이 넘어가니?"

—정선이요? 거기에 무슨 특별한 일이라도?

그는 장원탄광이 무너졌다는 소린 아직 듣지 못한 모양이었다.

"이런 호랑말코 같은 새끼를 봤나? 넌, 뉴스도 안 보니?"

—네? 보좌관이 전달한 내용이 없는데……. 대체 무슨 일이 일어났다는 건가요?

"니 이따위로 일하면서 국민들의 혈세를 받아 처먹니? 니 옆에 국토부 머시기가 앉아 있다고 했니? 당장, 그 인간들 바꾸라. 어! 다리미로 조동아리를 비벼 버릴라니까."

화통을 삶아 먹은 듯이 김 할머니가 목소리 톤을 높였다.

—아, 아니…… 다짜고짜 이러시면…….

난감한 듯 한반도 의원의 목소리가 기어들어 갔다.

"이거 정신 차리려면 멀었구나야. 당장, 정선으로 처내려오지 않고 뭐 하는 거야? 지금 장원탄광이 무너져 광부들이 안에 갇혀 사경을 헤매고 있는데, 네가 거기 지역구 국회의원이 맞긴 한 거니? 니가 사람 새끼면 말해 보라."

―네? 탄광이 무너졌다고요?

"그래, 이 배은망덕한 놈아! 내가 너 서울에서 호의호식하라고 국회의원 맹글어 준 줄 아니?"

―아…… 그런 일이 있었습니까?

"그런 일? 지금 너 그런 일이라고 했니? 야, 종간나 새끼야! 지금 당장 안 튀어 가고 뭐 하니? 밥숟가락 당장 놓지 못하겠니? 어이!"

―네네, 일단 보좌관에게 확인을 해 보겠습니다.

"내 말이 허투루 들리니? 뭘 확인해! 당장 튀어 가지 않고!"

김 할머니가 얼굴이 벌게지도록 호통을 쳤다.

―네네, 알겠습니다. 바로 출발하도록 하겠습니다.

"니, 내 말 잘 들어라. 만약에 안에 있는 광부들 제대로 구해 내지 못하면, 국물도 없을 줄 알라. 알았니?"

―네네, 어머님! 즉시 출발하도록 하겠습니다.

"야야! 거기 장비가 부족해 난린갑다. 쓸데없는 니 몸뚱아리만 가지 말고 바로 상황 확인해 보고 제대로 장비 챙겨서 가라. 알았니?"

―네, 어머니. 알겠습니다!

"어디 두고 보갔어. 빨리빨리 움직이라."

─네네, 그렇게 하겠습니다.

전화를 끊은 한반도 의원이 자리에서 벌떡 일어났다.
"무슨 일입니까?"
만찬을 즐기던 국토위 국회의원들이 어리둥절한 표정을 지었다.
"장원탄광이 무너졌답니다."
"뭐, 뭐라고요?"
드르륵.
"의, 의원님! 지금 빨리 정선으로 내려가 보셔야 할 것 같습니다. 장원탄광이 무너져…….'"
"알아!! 빨리 차 대기시켜."
그제야 보좌관이 정선 상황을 알려 오자, 한반도가 버럭거렸다.

같은 시각, 갱도 안.
약 1백여 미터를 곤돌라를 타고 내려온 갱도 안.
칠흑 같은 어둠.
한 치 앞도 내다보이지 않았다.
알싸한 냄새가 코를 자극하는 걸로 봐서, 어디선가 유독가스가 새어 나오기 시작한 것 같았다.

찰랑찰랑.

"선생님, 괜찮으십니까?"

"네네, 아직까진 괜찮습니다."

시시각각 한용기가 내 안전 상태를 확인하고 있었다.

어느새 성인 남자 배꼽 부위까지 물이 차올라 있었다.

이 속도대로라면 수 시간 내로, 성인 키 높이만큼 물이 차오를지도 모를 일이었다.

한 발 한 발.

어둡기도 했지만, 물이 차 있어 발아래 뭐가 있는지 구분할 수 없는 상황이었다.

돌부리가 있을지도.

쓰다 버린 채굴 장비들이 널브러져 있을 수도.

아니면, 미지의 생물이 내 발목을 노리고 있을지도 모를 일이었다.

난 머리에 부착된 랜턴에 의지해 조심스럽게 발걸음을 뗐다.

치지지직.

—선생님 나오십시오, 오버!

한용기 대원이 무전을 보내왔다.

"네, 김윤찬입니다."

—선생님, 괜찮으십니까? 물이 많이 차올랐는데.

"네, 괜찮습니다. 제 기억이 맞다면 여기서부터 약 70미터쯤 전진하면 오르막 갈림길이 나옵니다. 일단 그곳에서 합류합시다."

난 까마득하게 잊고 있던 기억 속 조각들을 하나둘씩 맞춰가고 있었다.

─네, 알겠습니다.

그렇게 한 30분쯤 전진했을까?

물은 조금씩 빠른 속도로 차오르고 있었다.

그렇게 난 차오르는 물길을 뚫고 마침내 오르막 갱도에 닿을 수가 있었다.

가로 약 2미터.

세로 약 1.8미터.

길이는 대략 10미터쯤 되는 곳이었기에 이상종 교수를 포함한 부상자들이 은신하기에는 안성맞춤이었다.

오르막 갱도라 상대적으로 물이 차오르지 않은 안전한 곳이었다.

물론, 그것도 시간이 지나면 무용지물이 되겠지만, 아무튼 지금은 그랬다.

"선생님, 저도 도착했습니다!"

내가 도착한 후, 곧이어 한용기 대원 역시 갱도 안에 도착했다.

"교수님! 저 김윤찬입니다. 계십니까?"

까 까, 까!

내 목소리가 메아리가 되어 되돌아와 내 고막을 흔들었다.

바로 그때였다.

갱도 안으로 플래시를 비추자 나타나는 그림자.

"너, 뭐, 뭐야?"

당혹스러움이 잔뜩 묻어 있는 목소리.

그림자의 주인은 분명 남자였고, 그 목소리는 너무나 익숙한 사람의 것이었다.

"뭐긴요! 교수님 뵈러 왔죠."

"하아, 여기가 어딘 줄 알고 기어들어 와."

이상종 교수는 절뚝거리다 못해 몸조차 제대로 가누지 못하는 것 같았다.

"그나저나, 괜찮으십니까?"

내 시선은 곧바로 이상종 교수의 다리 쪽으로 향했다.

이상종 교수의 오른쪽 정강이가 심하게 부풀어 올라 있었다.

"난 괜찮아. 그나저나 여길 어떻게 온 거야?"

"교수님 뵈러 왔다고 했잖습니까?"

"지금 그런 농담이 나와?"

"그럼 어떡해요. 이왕 여기까지 들어왔는데, 울까요?"

난 조금이라도 긴장을 풀어 보려 애썼다.

"꼴통 같은 놈!"

"후후, 뭐 그 별명이 어디 갑니까? 그나저나 에드마(부종)가 심한데 치료를……."

"아니야, 그럴 필요까진 없어. 그럭저럭 움직일 수 있을 것…… 아악!"

이상종 교수가 몸을 움직이려 했으나 무리였다.

"교수님! 괜찮으신 겁니까? 아무래도 프랙쳐(골절) 같습니다."

"젠장! 아무래도 그런 것 같네."

"제가 좀 봐 드리겠습니다."

랜턴을 비춰 보니 이곳저곳 멀쩡한 데가 없는 것 같았다.

"됐고! 저 사람 좀 봐 줘 봐. 내가 봐 주려고 했는데, 팔에 힘이 들어가질 않네. 아무래도 오른팔이 작살난 거 같아."

"그러니까 제가 봐 드린……."

"그거 가지고는 안 돼. 아무래도 엘보에 신트립시스(복합 골절)가 온 것 같아."

의료 키트를 열자 이상종 교수가 고개를 내저었다.

"……그럼 어떡하죠?"

"애널지쥑(고농도 진통제) 가지고 왔나?"

"네."

"그거 한 대 놔 주고 저 사람 좀 봐 주게."

이상종 교수가 턱짓으로 벽이 움푹 파여 있는 곳을 가리켰다.

잔뜩 겁을 집어먹은 채 모여 있는 사람들. 정말 다행이었다.

언뜻 보더라도 가벼운 찰과상과 타박상만 입었을 뿐, 광부들의 건강 상태는 양호해 보였다.

"다들 걱정 마세요. 이젠 저희가 안전하게 모시고 나가겠습니다."

"살았어! 이젠 살았어!"

와! 와!

한용기 대원이 사람들을 안정시키자 광부들이 서로 부둥켜안고는 환호성을 질렀다.

하악, 하악.

문제는 안쪽에 누워 가는 숨을 몰아쉬는 한 남자였다.

기진맥진한 채, 거친 숨을 몰아쉬는 한 남자. 얼굴에 핏기가 없는 걸로 볼 때, 상태가 심각해 보였다.

게다가 설상가상으로 한쪽 다리마저 불편한 상황이었다.

난 그에게 다가가 상태를 살펴보았다.

그리고 난 곧바로 그의 병명을 확인할 수 있었다.

"텐션 뉴모소락스(긴장성 기흉)군요."

"맞아, 일단 플러라(흉막)에 구멍을 뚫어야 할 텐데, 젠장,

천자가 없어."

제 몸조차 가누지 못했지만, 환자가 우선인 이상종 교수였다.

"걱정 마세요. 제가 준비해 왔습니다."

난 응급 키트 케이스를 열었다.

"가지고 왔다고?"

"……네, 광산에서 사고가 나면 흔히 생기는 상황이니까요."

"하아, 다행이군. 그나저나 내가 이 모양 이 꼴이라 어쩌지?"

"제가 하겠습니다."

"괜찮겠나?"

"저, 전문의 시험 수석 합격자입니다만."

"하아, 그래그래. 김윤찬 선생 실력이야 내가 알지. 그럼 부탁함세."

"걱정 마시고 한 대원님하고 밖으로 나가십시오."

"밖으로 나가야……. 뭐라고?"

아악, 이상종 교수가 일어서려다 비명을 질렀다.

다행히 아직까지 가스는 차오르지 않았지만, 어느새 물이 많이 불어 있다.

출렁출렁.

처음에 진입했을 때만 해도 배꼽 높이 정도에 불과했는데,

지금은 명치 끝쯤 되는 것 같아.

조금만 더 시간이 흐르면 여기도 안전하지 못해.

서두르지 않으면 안 될 것 같아.

"환자는 제가 볼 테니까, 다른 분들이랑 먼저 나가시라고요."

"너, 너 지금 미쳤어?"

"그럼 다 같이 죽을까요?"

"야, 인마! 지금 그걸 말이라고 해?"

이상종 교수가 목소리 톤을 높였다.

"교수님한테 점수 좀 따려고 그럽니다."

"미친놈아! 그게 말이 되냐고?"

"하아, 제가 무슨 영웅심에 이러는 거 아니에요. 어차피 저 환자 두고는 못 가잖습니까? 교수님 팔다리만 멀쩡했어도 저 그런 짓 안 해요."

"아, 이놈아⋯⋯."

"교수님도 저랑 똑같이 하셨을 거잖아요. 그러니까 아무 걱정 마세요. 한 대원님! 지금 바로 교수님이랑 광부들 데리고 나가셔야 할 것 같습니다. 언제 물이 차오를지 모르는 상황이에요."

"⋯⋯네, 그렇긴 한데, 선생님은요?"

한용기 대원이 망설였다.

"저 환자 응급조치하고 같이 나가겠습니다. 시간 없어요.

빨리요!"

"알겠습니다, 선생님! 조금만 기다리십시오. 저분들 모시고 바로 돌아오겠습니다."

"후후후, 그러면 안 돌아오시려고 했습니까?"

"네네! 반드시 돌아오겠습니다."

한용기 대원이 내 손을 움켜쥐었다.

"미쳤어? 환자는 내가 볼 테니까, 넌 저 사람들이랑 같이 바로 나가. 내놔, 그거."

이상종 교수가 구급상자를 뺏으려 들었다.

"그 몸으로요?"

이상종 교수의 몸으론 불가능했다.

아니, 가능하다 해도 내가 했을 것이지만.

"그래, 인마! 너 먼저 나가!"

"걱정 마세요. 저, 안 죽어요. 예전에 동네 할머니가 제 귀 보더니 하늘이 무너져도 살 놈이라고 했어요. 봐요."

난 이상종 교수에게 귀를 내밀어 보였다.

"이, 이 새끼가 진짜!"

"걱정 마세요. 저기 한 대원님이 다시 와 주실 거예요. 그쵸, 대원님?"

"당연하죠! 우리 희망이를 걸고 약속드려요!"

"어라? 그렇게 함부로 거는 거 아닌데?"

"존경합니다, 선생님!"

한용기 대원이 목소리에 힘을 주었다.

"존경은 무슨! 아무튼, 저도 겁나 죽겠으니까 빨리 오셔야 합니다!"

"네네! 시술 끝나기 전에 돌아오겠습니다. 반드시!"

한용기 대원이 두 주먹을 불끈 쥐었다.

"교수님, 뭘 그렇게 꾸물거려요? 한 대원님, 교수님 걸리 적거리니까 빨리 데리고 나가세요!"

"……그래, 너 잘났다, 이놈아! 제발, 살아만 나와라. 내 조카, 평생 과부로 만들지 말고."

"네?? 그게 무슨?"

"인마, 내가 쓸데없이 그 녀석 병원으로 불러들인 줄 알 아? 다 생각이 있어서 그런 거지."

"헐, 미치겠네. 털끝도 건드리지 말라면서요?"

"이 새끼야, 한국말은 끝까지 들어 봐야지. 털끝 건드리지 말라고 했지, 다른 데도 건드리지 말라더냐? 이 새끼는 하여 간 융통성이라고는 쥐뿔도 없는 놈이라니까. 그렇게 기회를 줬는데도 손끝 하나를 안 건드려? 등신 같은 놈!"

"어휴, 돌겠네. 그게 지금 말이 되는……."

"왜? 우리 이나가 맘에 안 들어?"

"아뇨, 그게 아니라……. 아무튼, 걸리적거리지 마시고 빨 리 나가세요. 저, 환자 봐야 합니다. 급해요! 한 대원님, 사 람들 빨리 데리고 나가세요. 빨리요!"

"네, 알겠습니다."

그러자 한용기 대원이 이상종 교수를 들쳐 업었다.

"자, 입구가 협소합니다. 다들 천천히 일렬로 내려갑시다!"

"네, 알겠습니다."

"본부 나와라. 본부 나와라. 오버!"

한용기 대원이 무전기를 꺼내 들었다.

─말하라. 오버.

"여기 상황 확인 완료. 총 다섯 명 중 부상자 두 명, 나머지는 양호하다. 지금부터 조난자들 데리고 입구로 갈 테니 준비해 주기 바란다."

─알았다. 조심해서 나오길 바란다. 오버.

"선생님, 반드시 다시 돌아오겠습니다!"

한용기 대원이 다시 한번 다짐을 했다.

"……."

난 손사래를 치며 얼른 나가라는 신호를 했다.

"네, 선생님 곧 오겠습니다! 여러분, 갑시다!"

이상종 교수를 들쳐 업은 채, 한용기 대원과 광부들이 채탄승 아래로 조심스럽게 내려갔다.

"조심하십시오. 바닥이 울퉁불퉁합니다."

"알았어요."

풍덩!

한용기 대원과 광부들이 거의 가슴까지 차오른 갱도 채탄승 아래로 발을 디뎠다.

♥

이제 모든 사람들이 빠져나가고 이곳엔 나와 환자 한 사람만 남게 되었다.

하악, 하악.

"죄송합니다, 괜히 저 때문에…….."

남아 있는 환자가 거친 숨을 몰아쉬며 힘겹게 입을 뗐다.

"……그러게 말입니다."

난 응급치료 키트를 펼쳐 놓았다.

"죄, 죄송합니다."

"아뇨, 농담입니다. 말씀 많이 하시면 안 돼요. 지금부터는 아무 말도 하지 마십시오."

난 가지고 있던 산소마스크를 환자의 얼굴에 씌워 주었다.

"숨쉬기 좀 편안하시면, 고개만 끄덕이세요."

"……."

환자가 그렇다는 듯이 고개를 끄덕였다.

지금부터 딱 20분!

이 시간 안에만 끝내면 충분히 여길 빠져나갈 수 있다.

솔직히 무섭다.

손이 떨려 주삿바늘을 짚기도 힘들다.

하지만 어쩔 수 없지 않은가?

지금 상황을 이겨 내는 수밖에.

탈탈탈.

난 양손을 털어 낸 다음, 탈지면에 베타딘을 묻혀 환부를
소독했다.

이쯤이면 2~3번 늑골 사이가 되겠군.

꿀꺽, 나도 모르게 목울대가 꿀렁거렸다.

평소와는 완전히 다른 환경. 입 안의 침이 바짝바짝 마르
는 듯했다.

후우.

나도 모르게 한숨이 터져 나왔다.

침착하자!

이 정도는 아무것도 아니잖아?

다시 시작된 흉강천자.

난 손바닥을 남자의 쇄골에 올려놓았다. 눈을 감고 천천히
손가락 끝의 감각을 이용해 쇄골 중앙선을 따라 내려갔다.

……잡았어.

자칫 폐의 돌출 면을 건드리면 위험할 수 있는 상황.

따라서 흉골 상층부인 2~3번 늑골을 정확히 찔러야 했
다.

쇄골 중앙선을 따라 내려오던 난 본능적으로 느낄 수 있

었다.

이제 바늘로 흉강에 찬 공기를 빼내면 모든 것이 끝나는 상황이었다.

젠장! 손이 왜 이렇게 떨려?

탈탈탈, 다시 한번 손을 털어 본다.

쿵쾅거리는 심장 소리가 고막을 흔든다.

많이 불었어!

갱도 아래로 시선을 옮기자 물이 불어 가는 속도가 눈에 보일 정도로 빨랐다.

정신 차리자, 김윤찬!

푸욱, 마침내 주삿바늘을 들고 환자의 흉강에 찔러 넣었다.

푸슉.

곧이어 들리는 바람 빠지는 소리.

그건 흉강천자가 대성공을 거뒀다는 의미였다.

됐어, 성공이야!

하아, 그제야 안도의 한숨이 터져 나왔다.

―지지지직, 선생님 들리십니까?

그 순간, 한용기 대원의 무전이 도착했다.

"네네, 김윤찬입니다."

―무사하십니까?

"네네. 환자 치료 지금 막 마쳤습니다. 교수님이랑 광부들은요?"

―네, 모두 무사합니다.

"정말 다행입니다."

―제가 지금 바로 내려가겠습니다. 조금만 기다리십시오.

"네네네, 무서워 죽겠습니다. 빨리 오세요!"

―흐흐흐, 겁이라곤 없는 분인 줄 알았는데.

"없다뇨? 후회막심입니다. 괜한 객기를 부린 것 같아서요, 어휴!"

―하하하, 네네, 곧 갑니다. 선생님, 조금만 기다리세요.

"네, 빨리요."

잘 도착했구나. 다행이야.

"환자분, 숨 쉬시는 건 좀 어떠세요? 괜찮으시면 고개만 끄덕이시면 됩니다."

이제 환자 상태만 확인하면 모든 것이 끝이었다.

"……."

환자가 고개를 끄덕였다.

"오케이! 이제 됐어요. 다리 압박만 하시면 얼추 움직이실 수 있을 겁니다. 아프시더라도 조금만 참으세요."

난 부목과 붕대를 꺼내 남자의 부러진 다리를 압박하기 시작했다.

우르르, 쾅!

그 순간, 무언가 돌덩이가 떨어져 내리는 소리.

갱도 안의 진동으로 볼 때, 조금은 거리가 있는 곳에서 나는 소리였다.

♥

우르르, 쾅!

또 한 번의 굉음. 연이어 뭔가 묵직한 것이 굴러떨어지는 소리가 났다.

뭐, 뭐지?

난 재빨리 무전기를 집어 들었다.

"여보세요! 여보세요? 저 김윤찬입니다. 한 대원님 나오세요. 오버!"

치지지직.

무전기에서 잡음만 흘러나올 뿐이었다.

"여기, 갱도 안입니다. 한 대원님, 뭔가 무너지는 듯한 소리가 들렸어요! 제 목소리 들리십니까?"

치지지직.

여전히 잡음만 흘러나올 뿐, 그 누구도 응답하지 않았다

"서, 선생님, 무슨 일입니까? 방금 그 소린……?"

옆에 있던 광부가 겁에 질린 목소리로 물었다.

"아뇨, 아무것도 아닙니다. 너무 걱정 마십시오."

젠장, 이게 왜 이래?

탁탁탁, 난 무전기를 손바닥으로 내리쳤다.

-선생님! 선생님, 괜찮으십니까?

그 순간, 무전기를 통해 윤상구 구조대장의 목소리가 흘러나왔다.

마치 천군만마를 얻은 기분이었다.

"네네, 대장님! 도대체 무슨 일입니까? 무슨 소리가 들린 것 같은데?"

-아……. 그게 문제가 좀 생기긴 했는데, 너무 걱정 마십시오. 조만간 해결될 겁니다.

"괜찮은 거 맞죠?"

맞을 리가 없다.

난 직감적으로 심각한 문제가 발생했다는 걸 알 수 있었다.

-네네, 너무 걱정 마시고, 조금만 기다려 주십시오.

"아, 알겠습니다."

-네. 너무 걱정…….

지지지직.

"대장님? 대장님, 들리십니까?"

지지지직.

우르르, 쾅!

또다시 울리는 굉음.

치지직지직.

이젠 무전기마저 먹통이 되어 버렸다.

"무전이 안 됩니까?"

광부가 조심스럽게 물었다.

"하아, 뭔가 잘못된 것 같습니다. 구조대장님이 곧 해결하신다고 했으니 너무 걱정……."

"아닐 겁니다."

광부가 천천히 고개를 내저었다.

"그게 무슨 말씀입니까?"

"아마도 지반이 약해 벽이 허물어져 입구가 막혔을 겁니다. 요 며칠 전부터 조짐이 보였는데, 회사 측에서 보수공사를 하지 않았죠. 저희가 그토록 민원을 넣었는데도 묵살했습니다."

흐음, 광부가 허탈한 듯 힘겹게 신음 소리를 내뱉었다.

"……전부터 문제가 있었다고요?"

"네, 어차피 곧 있으면 문 닫을 탄광인데, 회사 측에서 돈을 쓰겠습니까?"

"그랬습니까."

스르르.

무전기를 들고 있던 손아귀의 힘이 풀렸다.

자칫 못 나갈 수도 있다는 생각에 오금이 저려 왔다.

"……다시 무전을 해 봐야겠어요!"

탁탁탁, 난 손아귀에서 흘러내린 무전기를 다시 주워 올렸다.

"김윤찬입니다! 들리시면 답변 주세요. 오버!"

탁탁탁.

"구조대장님, 들리십니까?"

"선생님, 소용없어요. 제대로 된 구조용 무전기라면 이 정도로 먹통이 되진 않아요. 아마도 기계 자체에 문제가 있을 확률이 높습니다. 우리나라 소방대원들이 가지고 있는 기계들 중 멀쩡한 게 별로 없거든요."

광부가 포기한 듯 손을 내저었다.

"……어쩌죠? 일단 통신이라도 돼야 뭘 하든지 할 텐데."

가슴이 조여 오기 시작했다.

손과 발에 땀이 배어 나오고 입술이 바짝바짝 말랐다.

"선생님, 그거 이리 줘 보십시오."

광부가 힘겹게 몸을 일으켜 세워 손을 내밀었다.

"기계를 만질 줄 아세요?"

"네, 군에 있을 때, 통신병으로 복무했었어요. 잘은 모르지만 제가 한번 만져 보겠습니다. 너무 큰 기대는 하지 마십시오."

"네네, 다행이군요. 여기 있어요."

난 광부에게 무전기를 건네주었다.

이젠 이분이 날 살릴 차례였다.

지금은 모든 걸 이 사람에게 맡겨야 할 상황이었다.

사고 현장 입구.

김윤찬의 불안한 느낌은 틀리지 않았다.

한용기 대원이 광부들과 빠져나올 즈음, 허무하게도 갱도 벽이 허물어져 버렸다.

"대장님, 다시 들어가야 합니다. 저, 의사 선생님과 약속했다고요! 곧 돌아오겠다고 했는데!"

한용기 대원이 발을 동동 굴렀다.

"넌 가만있어! 누군 사람 구하고 싶지 않아서 그러는 줄 알아?"

윤상구 구조대장이 한사코 한용기 대원을 막아섰다.

"무조건 들어가야죠! 그게 제가 해야 할 일입니다."

"기다려. 상부에 보고했으니까 곧 추가 인력이 도착할 거야. 일단, 막힌 입구부터 뚫어야 들어가든 말든 할 것 아냐?"

"그럴 시간이 없습니다! 물이 차올라서 오래 버틸 수가 없다고요! 저라도 내려가겠습니다. 잘하면 안으로 들어갈 수 있……."

"용기야, 방금 네 어머님한테서 연락이 왔는데, 네 아내, 산기가 있어서 병원에 도착했다고 하더라. 아이를 생각해야지."

윤상구 구조대장이 한 대원의 팔목을 잡아챘다.

"……그렇습니까?"

"그래, 인마. 우리가 할 수 있는 일은 여기까지야. 추가 인력이 도착하면, 그 사람들한테 맡기자. 우리가 할 수 있는 게 없어."

"……어느 세월에요?"

"곧! 저기, 기자들도 저렇게 와 있는데, 정부 쪽에서 가만있지는 않겠지."

웅성웅성.

통제선 인근, 취재에 열을 올리고 있는 기자들을 가리켰다.

그리고 마침내 구조대장이 그토록 기다리던 정부 측 인사가 사건 현장에 막 도착했다.

기자들이 몰려든 이유도 그 때문이었으리라.

"윤상구 구조대장! 당장 이쪽으로 와요."

총책임자인 정선소방서 서장 안종규가 윤상구 구조대장의 팔을 잡아당겼다.

"무슨 일입니까?"

"지금 한반도 국회의원님이 오셨어! 아무래도 자네가 구조상황을 브리핑해야 할 것 같아."

"네? 그럼 인력하고 장비는요?"

"아직이야. 일단 브리핑부터……."

"이게 무슨 개소립니까, 네?? 지금 안에 사람이 두 명이나 있습니다. 지금 서두르지 않으면 저 사람들 죽는다고욧!"

윤상구 구조대장이 목에 핏대를 세웠다.

"그러니까! 빨리 상황을 브리핑해야 힘을 쓸 것 아닌가? 성질 죽이고 잘 좀 설명해 드려. 제발, 나 좀 살자, 상구야."

"……하아, 소장님! 지금 그걸 말이라고 하십니까? 전 못합니다. 국회의원이고 나발이고 필요 없으니까 장비나 보내라고 하세요!"

"허허허, 우리 구조대장님이 많이 화가 나셨나 봅니다?"

그 모습에 한반도 국회의원이 그에게 다가왔다. 노란색 재난 점퍼를 입고 말이다.

"아이고, 의원님! 그게 아니라……. 워낙 상황이 다급하다 보니 그런 것 같습니다. 이해해 주십시오."

안종규 서장이 인사를 하며 윤상구 구조대장의 옆구리를 찔렀다.

"아뇨, 괜찮습니다. 상황이 급하면 그럴 수도 있죠. 그나저나, 지금 상황이 얼마나 심각한 겁니까?"

"……."

"이봐, 자꾸 이럴 거야? 의원님이 물으시잖아! 빨리 말씀드려!"

윤상구 구조대장이 시선을 피하자 안종규 서장이 어쩔 줄을 몰라 했다.

흠흠흠.

거듭되는 윤상구의 무관심에 한반도가 언짢은 듯 헛기침을 했다.

'빨리!'

그러자 안종규 서장이 송곳니를 내보이며 윤상구를 다그쳤다.

"……보시다시피 심각한 상황입니다. 안에 의사 선생님 한 분과 광부 하나가 매립되었고, 입구가 무너져 진입할 수가 없는 상황입니다."

윤상구 구조대장이 내키지 않는 듯 퉁명스럽게 말했다.

"의사요?"

"네."

"의사가 거기 왜 들어갔습니까, 광부도 아닌데?"

"……후우, 의원님! 그걸 질문이라고 하십니까? 부상자가 있어서 사람 구하러 들어갔습니다! 제발, 이럴 시간에 구조 인력하고 장비 좀 조달해 주십시오! 제발요!"

"허허허, 그게 말처럼 금방 되는 게 아니지 않습니까? 이곳 사정을 파악해야 정부에 요청을 할 것……."

"시팔! X 같아서 못 해 먹겠네!"

그 순간, 윤상구 구조대장이 욕설을 내뱉었다.

"뭐, 뭐라고요? 지금 저한테 그러신 겁니까?"

한반도가 당황한 얼굴로 말을 더듬었다.

"야, 장필호 대원! 너, 진짜 일 그렇게 X같이 할래? 너네

가족이 저 아래 파묻혀 있어도 그럴래? 그러다가 무너지면 어쩔 거야, 새끼야!"

윤상구가 구조 작업장에 있던 대원 한 명을 향해 소리를 질렀다.

"흠흠흠, 지금 상황이 그렇게 다급합니까?"

그러자 한반도가 머쓱한지 헛기침을 했다.

"네네! 도대체 몇 번을 말합니까? 서큘레이터든, 워터 펌프든, 공병이든 데리고 와야 할 것 아닙니까? 제발! 저도 애국심 좀 생기게 해 주십시오. 제발!"

"하아, 아, 알았습니다. 제가 바로 알아보도록 하죠. 보좌관! 국토부 장관한테 전화 좀 넣어 봐. 내가 찾는다고."

"네, 알겠습니다. 그나저나 기자들이 의원님을 기다리고 있습니다. 인터뷰를 좀 하셔야 할 것 같은데요?"

"그래? 아, 알았어."

"시팔! 한겨울에 뭐 처먹을 게 있다고 똥파리 새끼들이 끼는 거야? 어!"

휙휙휙, 그러자 윤상구 구조대장이 손을 이리저리 휘돌리며 발길을 돌렸다.

"대장님, 제가 들어가게 해 주십시오!"

윤상구가 씩씩거리며 걸어오자 한용기 대원이 또다시 그에게 매달렸다.

"안 돼!"

"가야 합니다. 제발 허락해 주십시오!"

진심이었다.

한용기 대원은 필사적으로 윤상구 대장의 팔을 잡고 늘어졌다.

"절대 안 돼! 좀 더 기다려."

"언제까지 말입니까?"

"구조 장비가 도착할 때까지라고 말했잖아!"

"아뇨, 더는 기다릴 수가 없습니다. 저 사람들 수장되면 그때 가서 시체 건져 올릴 겁니까? 제발, 부끄럽지 않은 아빠가 될 수 있도록 도와주십시오!"

"미친놈아! 지금 그렇게 감상에 젖어 있을 때가 아니야. 이건 현실이라고. 제발 정신 좀 차려라, 응?"

윤상구 구조대장이 한용기를 어르고 달래기 시작했다.

"절대 장비 안 옵니다. 대장님도 잘 아시잖아요? 저 사람들, 우리 같은 사람들한테는 신경도 안 쓴다는 거요!"

한용기 대원이 기자들과 인터뷰하느라 바쁜 한반도를 가리켰다.

"……."

윤상구 역시 씁쓸하게 한용기가 가리키는 쪽으로 시선을 돌렸다.

"신입 대원 환영회 때 대장님이 그러셨잖아요? 우리가 여기에 왜 와 있는지 한시도 잊지 말라고요. 대장님! 우린 여기 왜 와 있는 겁니까?"

한 대원이 목에 핏대를 세우며 버럭거렸다.

"그래그래, 네 말이 다 맞긴 한데…… 너도 알다시피 입구 다 막혔고, 갱도 자체가 부실해서 언제 추가 붕괴가 생길지도 몰라. 안으로 들어가면 너까지 죽어. 자살행위라고!"

"어느 소방관이 그러더군요. 신의 뜻대로 내 목숨을 거두어 가신다면, 신의 은총으로 저의 아내와 가족을 보살펴 달라고. 전, 들어가야 합니다. 우리 선배들이 그랬듯이!"

"……너, 이 새끼, 자꾸 고집 피울래?"

"네, 걱정 마십시오! 제가 반드시 두 분 모시고 안전하게 탈출하겠습니다, 대장님!"

윤상구 구조대장이 아무리 말린들, 포기할 한용기가 아니었다.

"조금만 더 기다려 보면 안 되겠니?"

끝까지 미련을 버리지 못하는 윤상구였다.

"아뇨. 지금 들어가지 않으면 가망이 없다는 거, 대장님이 더 잘 아시지 않습니까?"

"……."

"제발요, 대장님! 저, 명령불복죄로 옷 벗기 싫습니다!"

"……시팔! 그래, 까짓것 죽기 아니면 까무러치기지. 한번 해 보자! 우리가 언제 나라 덕 보면서 일했냐?"

한용기의 끈질긴 설득에 윤상구 구조대장이 작심한 듯 옷
소매를 둘둘 말아 올렸다.

한편 같은 시각 김 할머니 자택.
김 할머니의 지시를 받고 현장에 다녀온 이 비서가 그녀에
게 현장 상황을 설명했다.
"뭐, 뭐라고? 너, 지금 뭐라고 했니? 누가 갇혀?"
김 할머니가 자리에서 벌떡 일어났다.
"갱도에 의사 한 명이 환자 치료차 들어갔다가 갇혀 있다
고 합니다."
"그, 그게 윤찬이란 말이니?"
할머니의 목소리가 흔들렸다.
"네, 현재까지 파악한 바론 그렇습니다. 연희병원 소속의
의사, 김윤찬이라고 합니다."
"바, 반도 그 아새끼는? 그 아새끼는 뭐 하고 있는데?"
"지금 정부 측과 협의하는 중이라고……."
"집어치워!"
김 할머니가 대로한 듯 카랑카랑한 목소리로 톤을 높였
다.
안색이 잿빛이 되어 버린 김 할머니가 심각한 표정으로 수

화기를 들어 올렸다.

"에릭, 내다."

김 할머니가 한미연합사 부사령관, 에릭 스미스와 통화를
하고 있었다.

－네, 어머니.

"내가 왜 너 어머니야? 난 너 같은 양코배기 아들 둔 적 없
다."

－하하하, 무슨 그런 섭섭한 말씀을 하십니까? 고(古) 마틴
장군님의 따님이시면 제 어머니나 마찬가지죠.

"그런 입에 발린 소린 집어치우고. 너, 내 부탁 하나만 들
어줘야겠다."

－부탁이요? 뭐든, 말씀만 하십시오.

"너네 항공모함에 물 빼는 기계 있지?"

－대형 양수기요?

"그래, 그거. 너네 배에 물 차면 빼낼라고 붙여 놨잖아."

－워터 펌프 말씀하시는 겁니까?

"그래."

－네, 그렇긴 한데······. 왜 그러십니까?

"그거 당장 떼 내 오라."

－허허허, 농담이시죠?

"너, 내가 농담하는 것처럼 들리네?"

－흠흠, 죄송합니다. 하지만 어머님, 그건 불가능합니다.

워터 펌프만 별도로 떼어 내 올 수 있는 게 아니에요.

김 할머니의 추상같은 목소리에 에릭이 움찔하며 말했다.

"그럼 어떻게 해야 하는 거야?"

―항모에서 떼어 내는 건 불가능하고……. 그 정도 성능의 펌프라면, US 공병 심정중대에서도 보유하고 있는 걸로 압니다.

"그래? 그거 좀 내가 쓰자."

―갑자기 무슨 일로?

"넌, 양코배기라고 한국 뉴스도 안 보니? 지금 정선에 탄광이 무너져서 난리도 아니야! 거기서 좀 필요하다고 하니까, 당장 가지고 오라. 알간?"

―아, 그런 일이 있었군요.

"이런, 호랑말코 같은 새끼. 우리나라 최우방이라는 네놈들이 그런 것도 모르네? 우리가 네놈들 처먹고 마시는 데 매년 얼마를 쏟아붓는지 아네?"

―죄송합니다, 어머니.

"어머니라고 부르지도 말라. 빈정 상했으니까."

―웁스! 죄송합니다. 그나저나 그건 한국 공병 부대도 보유하고 있는 걸로 알고 있습니다.

"내가 그걸 어떻게 알간! 그러니까 너한테 전화한 거 아니네. 한국 부대와 공조를 하든, 뭘 하든 그건 네가 알아서 하고. 아무튼 구조 현장에 장비 보내라. 어?"

-그래도 저희가 직접 나서는 건 모양새가…….

"나, 김복순이야. 네가 그렇게 영웅처럼 떠받드는 마틴이 내 아버지인 거 모르네?"

-네, 알겠습니다! 바로 한국 측과 협의를 해 보겠습니다.

"야야! 내 수양아들이 거기 들어가 있어. 내가 애가 닳아 죽겠구나야. 그러니까 수고 좀 해 주라."

-네, 최선을 다하겠습니다, 어머니.

"그래, 그 어머니 소리 계속하고 싶으면 제대로 하라. 알 간?"

-네, 바로 조치를 취하겠습니다.

"그래, 끊는다. 우리 윤찬이 털끝 하나라도 다치면 양키 네놈들은 다 내 손에 죽는 거야."

김 할머니가 씩씩거리며 전화를 끊었다.

'윤찬아, 거길 왜 들어갔니!'

김 할머니가 발을 동동 구르며 애를 태웠다.

❤

갱도 안.

물이 점점 차오르고 있어! 젠장, 이러다가는 서너 시간도 못 버티겠는데?

갱도 아래쪽을 내려다보자 가슴이 철렁했다.

"……가능할 것 같습니까?"

"이걸 그렇게 쉽게 고칠 수 있으면, 내가 여기서 석탄이나 캐고 있겠습니까?"

초조한 나에 비해 남자는 한결 여유로워 보였다.

"아저씨는 걱정도 안 되십니까?"

"사람 목숨은 다 똑같지요. 아까운 목숨, 걱정이 왜 안 되겠어요. 하지만 여기서 발버둥 친다고 해결되는 게 아니잖습니까? 다, 하늘의 뜻이지요."

"아무리 그래도……."

"걱정 마십시오. 하늘이 무너져도 솟아날 구멍은 있는 법이니까."

"네? 그게 무슨 말씀이신지?"

"우리같이 이런 곳에서 개처럼 일하는 사람들은 본능적으로 살길 하나 정도는 마련하는 법이죠."

광부가 입가에 희미한 미소를 띠었다.

"살길요? 좀 더 자세히 설명해 주세요."

무슨 말이든, 희망의 끝을 놓고 싶지 않았다.

"광부로 석탄 밥을 먹다 보면 수많은 일이 생기기 마련이죠. 탄광은 언제 어떻게 무슨 일이 생길지 모르니까요. 그래서 스스로 대비를 해 두지 않으면 목숨 줄 부지하기가 쉽지 않아요."

"그렇다면?"

뭔가 살길이 열릴 것 같았다.

"이곳에 개구멍이 하나 있습니다. 여기서 멀지 않은 곳에."

광부가 손가락으로 멀리 북동쪽을 가리켰다.

"개구멍요? 그런 게 있었습니까?"

"네, 밖으로 통할 수 있는 통로가 하나 있어요. 이곳에서 잔뼈가 굵은 광부들은 다 알고 있을 겁니다."

"정말입니까? 그런 곳이 있었어요?"

"네, 그렇습니다. 다만, 가로세로가 50센티 정도밖에 되지 않는 협소한 곳입니다."

"그 정도 공간이면 충분합니다."

"네, 그렇긴 한데……. 그나저나 자, 무전기 다 고쳤어요. 한번 사용해 보십시오."

그 순간, 말은 그렇게 했어도 광부가 무전기를 고친 모양이었다.

"정말 고치신 겁니까?"

"네, 대충 고쳐 보긴 했는데, 작동할진 모르겠네요? 한번 무전을 쳐 보시죠."

"정말 대단하시네요."

"기뻐하긴 일러요. 일단 해 보시죠."

"네, 알겠습니다."

틱틱, 틱틱틱.

치지직!

난, 받아 든 무전기로 연락을 취했다.

"여기는 갱도 안이다. 구조본부 나와라 오버!"

―…….

치지직.

하지만 무전기는 응답하지 않았다.

"반복한다. 여기는 갱도, 거기 한 대원님 계십니까? 계시면 응답해 주세요."

―…….

여전히 무전기는 먹통이었다.

바로 그때였다.

―선생님! 저, 한용기 대원입니다. 제 말, 들리십니까?

그렇게 포기하려는 순간, 한용기 대원의 목소리가 들려왔다.

사람 목소리가 이토록 반가울 수 있을까?

아무튼 무전기가 터졌다!

"한 대원님? 한용기 대원님 맞습니까?"

―네네, 접니다, 선생님! 무사하신 겁니까?

"네, 아직은……. 그나저나, 어떻게 된 겁니까? 뭔가 무너지는 소리가 들린 것 같은데."

―……죄송합니다. 구조 도중에 입구가 무너져 내렸습니다. 지금 막힌 입구를 뚫고 있는 중입니다.

"역시 그랬군요. 구조대장님은 별문제 아니라고 하셨는데……."

예상대로 입구가 막힌 모양이었다.

—죄송합니다. 선생님이 동요하실까 봐 그러신 것 같습니다. 이해해 주십시오.

"네……. 그러면, 그러면 우린 어떻게 되는 겁니까?"

—걱정 마십시오. 제가 데리러 가겠습니다. 조금만 기다려 주시면 됩니다..

"한 대원님이요?"

—네! 곧 갈 테니까 아무 걱정 마십시오.

한용기 대원의 결의에 찬 목소리에 조금은 위안이 되는 듯했다.

하지만 이 위험한 상황을 그에게까지 전가하고 싶지는 않았다.

"위험합니다."

—아니요! 전 한번 한 약속은 반드시 지킵니다. 지금 구조대장님에게 허락받았습니다!

"잠깐만요! 여기 광부님이 말씀하시는데, 비상 통로가 있다고 하던데요?"

광부의 얼굴을 쳐다보자 그가 고개를 끄덕였다.

—네네, 맞습니다! 저희도 이제 막 여기 광부들에게 소식을 들었습니다. 광부들만 아는 비상 통로가 있다고 하더라고

요. 그 통로를 이용하면 밖으로 나오실 수 있을 것 같습니다. 저희가 확인한 후에 좌표 찍어 드릴 테니, 그쪽으로 신속히 이동하시면 될 것 같습니다.

드디어 살길이 열렸다!

"네네, 감사합니다. 여기 계신 광부님도 그곳을 알고 있다고 하더라고요. 저도 한번 가 보겠습니다."

ㅡ네네, 조심하십시오.

"네."

ㅡ선생님! 약속 꼭 지키겠습니다. 아! 그리고 방금 병원에서 연락이 왔는데, 우리 희망이 나왔다고 하더라고요!

"정말입니까? 축하드려요. 산모는요?"

ㅡ네, 산모도 건강하답니다! 전부 선생님 덕분입니다.

한용기 대원의 목소리가 밝아 보였다.

"그게 왜 내 덕분이에요. 완전 억지……."

ㅡ하하하, 그냥 제가 그렇다면 그런 겁니다. 선생님, 잠시만 기다리십시오. 제가 곧 모시러 가겠습니다.

"정말 고맙습니다. 아저씨! 구조대원이 우릴 구하러 온다고 하네요. 아저씨가 말씀하신 비상 통로로."

무전을 끊자마자 난 광부의 손을 움켜쥐었다.

"그렇겠죠. 다른 광부들도 다 알고 있는 곳이니까."

"네! 이제 희망이 생겼네요. 우리도 슬슬 그쪽으로 이동하는 게 좋겠습니다."

"네, 그럽시다. 다만……."

살길이 열렸음에도 광부의 얼굴은 썩 밝아 보이지 않았다.

"왜요?"

"그곳은 여기보다 지대가 낮습니다. 만약에 물이 차올랐다면 아무런 소용이 없어요."

"……."

등골이 오싹해지는 기분이었다.

"그래도 이 방법뿐이니 힘을 냅시다. 마지막 희망을 걸어 봐야죠."

광부가 입술을 굳게 다물었다.

"네, 일단 제가 확인을 좀 해 봐야 할 것 같아요. 물이 얼마나 차올라 있는지. 위치 좀 대략적으로 설명해 주세요."

"네, 그러죠. 위치는……."

"네, 알겠습니다."

잠시 후.

겨, 결국 여기까지인 건가?

광부가 찍어 준 좌표를 들고 난 비상 통로를 향해 조심스럽게 내려갔다.

여, 여기가 끝이야.

하지만 얼마 지나지 않아 가던 발길을 멈춰야 했다.

발 앞에 찰랑거리는 물.

신고 있던 신발 사이로 물이 흘러들어 와 양말이 흥건하게 젖을 정도로 수위가 높았다. 도저히 비상 통로 입구까지 갈 수 없는 상황이었다.

이젠 정말 끝인 건가?

여기가 이 정도면, 비상 통로 입구는 이미 수몰되었음을 어렵지 않게 예상할 수 있었다.

난 어쩔 수 없이 원래 위치로 돌아올 수밖에 없었다.

"아, 아저씨! 아무래도 비상구는……."

하악하악.

원래 피신처로 돌아오니, 광부가 가쁜 숨을 몰아쉬고 있었다.

"무슨 일이십니까? 어디 아프세요?"

"등이…… 등이 칼로 도려내는 것처럼 아픕니다."

하악하악, 광부의 숨소리가 점점 거칠어지고 있었다.

"등이요?"

좌악, 난 광부의 옷을 벗겨 등 쪽을 확인했다. 그러자 시퍼렇게 멍이 들어 퉁퉁 부어 있는 광부의 등판이 드러났다.

"지금 칼로 찌른 듯이 아프다고 했습니까?"

"하악하악, 네."

"아저씨, 혹시 지병이 있으십니까?"

"대동맥류가 있다고 하던데……. 하악하악."

이제는 온몸에서 식은땀마저 흘러내리고 있었다.

다이섹(대동맥 박리)인 건가?

설상가상으로, 광부의 몸 상태는 급속도로 악화되고 있었다.

"한 대원님 나와라, 오버!"

—…….

여전히 아무런 응답이 없었다.

탁탁탁.

제발! 제발 좀 되라고!!

손바닥으로 무전기를 쳐 보아도 아무런 반응이 없었다.

그때였다.

—김윤찬 선생님 되십니까?

툭 힘없이 팔을 아래로 떨어뜨리는 순간, 무전기에서 낯선 목소리가 흘러나왔다.

게다가 외국인인 듯 한국어 발음이 어색했다.

"네, 맞습니다! 제가 김윤찬입니다. 누구십니까?"

—혹시, 영어를 하실 줄 아십니까?

내 말에 영어로 묻는 상대. 나도 곧바로 영어로 대답했다.

"네, 조금 할 줄 압니다만, 누구십니까?"

그렇게 우린 영어로 대화를 주고받기 시작했다.

—네, 저는 한미연합사 소속, 특수공병대 산하, 심정중대 중대장, 샘 라이언 대위입니다!

"네? 미군이시라고요? 미군이 여길 왜?"

-자세한 내용은 구조 후에 말씀드리도록 하겠습니다. 늦게 도착해 죄송합니다!

"아뇨, 괜찮습니다. 그러면 우린 어떻게 되는 겁니까?"

-최대한 안전한 지대, 높은 곳으로 대피해 계십시오. 지금부터 무너진 갱도 입구 복원 공사와 함께 심정 작업을 진행할 겁니다. 굉음이 울리더라도 동요하지 마십시오.

"네, 알겠습니다!"

-최대한 공사를 빠른 시간에 완료할 예정입니다. 혹시, 식수는 충분히 보유하고 계십니까?

"네, 이곳에 올 때, 몇 시간 정도는 버틸 수 있도록 준비해 뒀습니다."

-네, 알겠습니다. 혹, 문제가 생길 수 있으니, 무전기 항상 켜 놓으시고, 필요한 물품이 있으시면 무전 하십시오. 어떻게든 보급해 드릴 수 있도록 힘써 보겠습니다.

"감사합니다."

미군이 왜 이곳에 왔는지는 모르겠지만, 아무튼 살 수 있는 길이 열린 것 같았다.

하느님!

부처님!

알라신님!

정말 감사합니다!

쏴아~.

시원하게 물 빠지는 소리!

'살았다!'란 소리가 저절로 나왔다.

쏴아쏴아.

요란한 굉음과 함께 물이 빨려 들어갔다. 조금씩 차오르던 지하수의 수면이 회오리를 일으키며 급속히 내려가기 시작했다.

한없이 치솟던 혈압이 내려가듯 내 정신도 맑아지는 것 같았다.

"휴! 아저씨, 살았어요! 조금만 힘을 내세요! 제가 병원으로 모시고 가겠습니다."

"하악하악, 잘되었어요."

광부가 힘겹게 말을 이었다. 숨소리가 점점 거칠어지기 시작했다.

"힘내셔야 합니다! 조금만 더 버텨 주십시오."

"고맙군요. 혹시나, 선생님 덕분에 제가 목숨을 부지하면 술 한잔 사리다. 하악하악."

광부가 나오지 않는 목소리를 쥐어짜 냈다.

"말씀하시지 마십시오. 조금만! 조금만 기다려 주세요."

"김윤찬 선생님!"

그 순간, 울리듯 들리는 우렁찬 목소리. 구조대원들과 함께 온, 한 대원의 실루엣이 드러나기 시작했다.

"한 대원님!"

세상 그 어떤 소리보다 반가웠다!

와락, 난 단걸음에 달려가 그를 끌어안았다.

"고생 많으셨습니다."

"네, 아주 죽는 줄 알았습니다."

"그사이에 얼굴이 홀쭉해지셨네요. 날카로운 인상이 훨씬 더 의사 선생님다우신데요?"

한용기가 날 가리키며 빙그레 웃었다.

"지금 농담할 때가 아닙니다."

"네네, 어떻게 된 건지는 자세히 모르겠지만, 미군 공병대 하고 우리 군, 특수부대가 출동했습니다. 진짜, 기적입니다, 기적! 하늘이 도왔어요."

"네, 기적 맞군요. 일단, 저분 상태가 너무 안 좋습니다. 바로 병원으로 옮겨야 할 것 같아요. 서둘러 주세요."

"네네. 그러면 저분은 제가 모시고 나가겠습니다."

"조심하세요! 작은 충격에도 위험할 수 있습니다. 완전히 압박해서 흔들리지 않아야 합니다."

"걱정 마십시오. 저도 구조사 자격증 있는 사람입니다. 그나저나 이 상황에도 환자를 챙기십니까?"

"……제 직업이 의사니까요."

"존경합니다, 선생님!"

"빨리요! 시간 없습니다."

“네.”

한용기 대원이 서둘러 광부를 들것에 고정하기 시작했다.

─김윤찬 선생님, 나오십시오. 오버!

지지지직.

그때, 또다시 무전기가 울렸다.

“네, 김윤찬입니다.”

─네, 저는 이번 구조 작업 한국 측 책임자, 이상도 중령입니다.

미군과 함께 한국군도 출동한 모양이었다.

─선생님과 잠시 통화하고 싶어 하시는 분이 계십니다.

“네?”

─김복순 할머님이라고 하던데.

생각지도 못한 김 할머니의 전화였다.

“아, 네!”

─네. 무전기에 바짝 대고 말씀하십시오. 핸드폰을 대 드릴 테니까요.

“네.”

─간나 새끼! 살아는 있니?

걸죽한 목소리. 내가 알고 있는 김 할머니의 목소리가 틀림없었다.

“네, 살아 있습니다!”

─하여간 넌, 거기서 기어 나오기만 하면 내 손에 죽는 줄

알라. 네 목숨이 수십 개라도 되니? 이게 무슨 무모한 짓이니? 어?

"흐흐흐, 그러게요. 다시는 잘난 척 안 하려고요. 저, 죽는 줄 알았어요. 그나저나 제가 여기 있는 건 어떻게 아셨어요?"

—나, 천하의 김복순이야. 알간?

"알죠! 그나저나 미군이 동원됐다고 하던데, 혹시 어머니가……."

—말이 되는 소리를 해라. 나 같은 늙은이가 무슨 힘이 있다고 양키 놈들을 움직이네?

"하긴……."

—그나저나 어디 다친 곳은 없는 거니?

"네, 멀쩡합니다."

—목소리 들어 보니 멀쩡하구나야. 됐다! 조심해서 기어 나오라. 끊는다!

언제나처럼 무데뽀 같으신 분이셨다.

"선생님, 가시죠."

한 대원이 밝은 표정으로 손을 내밀었다.

"네, 갑시다."

이젠, 살았구나!

와! 와!

나왔다.

가까스로 죽음의 문턱을 넘어 나왔다. 구조대원들과 함께 무사히 빠져나오자 사람들이 환호성을 질렀다.

"윤찬아!"

"이 빌어먹을 놈아!"

제일 먼저 이상종 교수가 달려와 나를 반겨 줬다.

"어휴, 여기 계셨던 겁니까? 바로 병원으로 가셨어야죠!"

"이놈아! 네가 거기 처박혀 있는데 내가 어딜 가? 괜찮은 거냐? 아앗!"

이상종 교수가 내 얼굴에 묻은 시커먼 탄가루를 닦아 내려다 비명을 질렀다.

"……후우, 거봐요. 빨리 병원으로 가세요. 그러다가 팔 아예 못 쓰실 수도 있어요."

"알았다. 진짜 괜찮은 거지?"

"네네."

"윤찬 쌤!"

그 뒤를 윤이나가 울먹이며 따라왔다.

"네, 선배님."

"괘, 괜찮은 거죠? 그죠?"

조심스럽게 나의 안부를 묻는 윤이나였다. 그렇지 않아도 작은 얼굴이 몇 시간 사이에 반쪽이 된 듯했다.

"네, 괜찮습니다."

"제가 얼마나 후회했는데……."

떨리는 목소리. 윤이나의 눈가에 눈물이 촉촉하게 고여 있었다.

"아니에요. 모든 게 잘됐으니까 울지 말아요."

그리고 우리 엄마, 오순정 여사.

와락!

"……."

엄마가 달려와 내 품에 안겨 흐느끼며 내 가슴을 두드렸다. 바들거리며 떨리는 엄마 몸의 진동이 고스란히 전해졌다.

"미안해, 엄마."

"……아니야, 우리 아들, 정말 장해! 정말 장해! 괘, 괜찮은 거지?"

엄마가 어깨를 들썩이며 흐느꼈다.

"네. 엄마, 미안한데 나 지금 이러고 있을 시간이 없어요. 저분 다이섹(대동맥 박리)일 수도 있어요."

난 한용기 대원이 싣고 온 광부를 가리켰다.

"다이섹?"

그 소리에 이상종 교수가 제일 먼저 반응했다.

"……여기서 가장 가까운 병원은 우리 병원이잖아요. 바로 응급수술 들어가야 합니다."

"그래, 가자! 내가 하마."

"……메스를 드실 수는 있습니까, 그 손으로?"

"그러면 어떻게 해? 박한 교수한테 맡기랴? 내가 해
야……."

아악, 조금만 움직여도 자지러지는 비명을 토해 내는 이상
종 교수였다.

"제가 해 보겠습니다."

"……할 수 있겠니?"

"저 흉부외과 전문의 김윤찬입니다."

"……그래, 한번 해 봐! 믿는다."

잠시 생각에 잠겼던 이상종 교수가 고개를 끄덕였다.

"네, 감사합니다."

"저도 도울게요! 큰 도움은 안 되겠지만."

"그게 무슨 소리예요! 큰 도움이 될 겁니다, 선배님! 지금
여기서 빨리 가면 20분 안에 도착할 수 있을 겁니다. 황진
희 간호사님한테 연락드려서 수술 준비 좀 부탁한다고 해
주세요."

"네, 그럴게요."

팡, 팡팡, 팡팡팡!

그 순간 사방팔방에서 터지는 카메라 플래시. 두 사람 주
위에 기자들이 구름 떼처럼 몰려들어 순식간에 둘을 포위해

버렸다.

"최악의 상황에서 극적으로 생환하셨는데, 소감이 어떻습니까?"

"……비켜 주세요! 응급 환자가 있습니다!"

"아니, 한 말씀만 해 주십시오. 국민들이 궁금해하고 있습니다."

기자들 틈바구니를 뚫고 나가려 했으나, 기자들이 가만히 놔두질 않았다.

"국민들에게 한마디만……."

쉴 새 없이 쏟아지는 질문 세례.

이리저리 몸을 움직여 봤지만 도저히 빠져나올 수 없었다.

기자들이 마치 먹잇감을 잡은 듯 내 팔을 잡아당기며 '난리 블루스'를 쳤다.

"이분 돌아가시면 당신들이 죽이는 겁니다! 조금 전까진 저도 마찬가지였고요. 저보다는 왜 이런 일이 일어났고! 이 일에 책임을 져야 할 사람들은 지금 무엇을 하고 있는지 취재하셔서 국민들에게 알려 주십시오! 국민들은 그걸 더 궁금해할 겁니다. 당장, 비키세요!"

내가 목에 핏대를 세우자 기자들이 슬금슬금 뒤로 물러섰다.

"가요, 선배님!"

"네, 윤찬 쌤!"

드르륵, 난 미리 와 대기하고 있던 앰블런스에 몸을 실었다.

정선분원.

"초음파! 초음파 준비해 주세요!"

"네, 윤찬 쌤!"

쾅, 난 윤이나와 함께 곧바로 병원으로 들어갔다.

"이나 쌤, 바로 수술방 잡아 줘요!"

"네네."

'역시, 내 예상이 맞았어.'

환자를 베드 위에 올려놓고 복부를 살펴보니, 복부가 부풀어 올라 맥박이 뛰듯 배꼽 부위가 울룩불룩했다.

그의 말대로 복부 대동맥류가 맞았다.

7.5센티?

초음파 결과 풍선처럼 대동맥이 부풀어 올라 있었다.

보통 5센티 안팎만 돼도 위험한데, 7.5센티라면 거의 터지기 일보 직전이라는 것.

이게 완전히 파열된다면, 사망률은 90%가 넘는다.

즉, 대동맥 박리가 완전히 발생한다면 말이다.

가만히 놔두면 시간당 1%씩 사망률이 올라가는 무시무시한 병이었다.

치료가 된다 해도 제때 수술이 이뤄지지 않고 늦어지면, 스트로크(뇌졸중), 심장판막 부전, 혈심낭 등의 무서운 합병증을 유발할 수 있었다.

하지만 그나마 불행 중 다행이었다. 복부 대동맥이 완전히 찢어지진 않은 상황.

지금이라면 충분히 해 볼 만하다!

골든 타임은 지금으로부터 3시간.

난 이 시간 안에 찢어지기 직전의 대동맥을 아트피셜 블러드 배슬(인조혈관)로 치환하는 수술을 해야 했다.

비록 전문의 자격을 취득했지만, 일개 펠로우가 할 수 있는 수술은 분명 아니었다.

"윤찬 선생, 정말 할 수 있겠어? 지금이라도 강원대 부속 병원으로 옮기는 게 낫지 않을까?"

마취과 박한 교수가 우려 섞인 목소리로 물었다.

"거기도 지금 의사가 없습니다. 게다가 이송할 시간도 없고요."

"아무리 그래도……."

어려운 수술인 건 맞습니다. 하지만 전 펠로우 김윤찬이 아닌, 한 해 대동맥 수술을 1백 건 이상 해 본 베테랑 흉부외과 전문의 김윤찬입니다.

"한번 해 보겠습니다."

"좋아! 한번 해 보자고. 지난번에도 내 눈으로 기적을 목격했으니까."

박한 교수가 어금니를 악다물었다.

치지지직.

먼저 보비(전기소작기)를 왼손에 쥐었다.

보비를 피부 표면에 가져다 대고, 오른 손가락을 벌어진 피부 틈에 넣고는 조심스럽게 벌리자, 베타딘으로 소독된 누런 피부가 녹아내리며 벌어지기 시작했다.

이제 풍선처럼 부풀어 올라 터지기 일보 직전의 대동맥을 제거한 다음, 튜브형 인조혈관으로 교체하면 된다.

언제나 그렇듯 대동맥 수술을 하는 수술방에 있는 모든 사람이 예민해진다. 나 역시 예민해진 상황이다.

그런데 황진희 간호사가 실수를 하고 말았다.

"시…… 이거 말고, 니들 홀더(바늘을 잡는 수술 도구)로 준비해 주세요."

긴장한 황진희 간호사가 수술 도구를 잘못 선택했다.

하마터면 옛 버릇이 튀어나올 뻔했다. 회귀 전이었으면 쌍욕이 튀어나왔겠지만, 지금은 그럴 수 없지 않은가?

나도 모르게 목까지 차오른 '시팔'이란 단어를 억지로 삼켜 넘겼다.

"아, 미안해요, 윤찬 쌤!"

"괜찮습니다. 천천히 하세요. 베테랑이시잖아요."

"네! 제가 정신이 없네요."

후우, 베테랑 황진희 간호사가 긴장할 정도로 이번 수술은 만만한 수술이 아니었다.

"이나 쌤, 시야 가립니다. 석션요!"

"네."

"식염수 넣어 주세요."

"네.

난 어느새 수술진을 리드하기 시작했고, 그들도 조금씩 나를 신뢰하기 시작했다.

"저 친구, 이제 막 전문의 딴 애송이 맞아? 내가 보기엔 아닌 것 같은데?"

후후후, 박한 교수가 커튼 너머로 내가 하는 수술 장면을 힐끗거렸다.

바로 그때였다.

팟, 파팟, 파파팟,

그 순간, 검붉은 핏줄기가 쓰고 있던 고글을 붉게 물들였다.

클램프로 혈관을 집고 있던 윤이나가 실수해 피가 솟구친 것이다.

위기였다.

"앗!"

윤이나의 외마디 비명 소리. 자신이 실수를 했다는 걸 깨달은 모양이었다.

"어, 어떡해요?"

클램프를 들고 있던 윤이나의 손이 흔들렸다. 그녀 역시 핏물을 뒤집어써 시야가 흐려져 있었다.

'젠장, 시간 없는데…….'

하지만 그녀만 탓할 순 없는 순간이었다.

어차피 제대로 된 수술 환경도, 제대로 된 어시스트도 아니었다.

열악하지만 있는 환경하에서 최선을 다해야 하는 상황이었다.

울컥울컥.

환자의 핏물이 거품 일듯이 울컥 쏟아져 나왔다.

"어, 어떡해요? 제가 실수를 했나 봐요!"

겁에 질린 윤이나의 목소리가 떨렸다.

"일단, 거즈로 눌러 줘요. 빨리!"

"네네, 그렇게 할게요."

"괜찮아요. 별거 아닙니다. 꿰매면 됩니다. 황진희 간호사님! 실하고 바늘 주세요!"

"파이브- 제로 프롤렌이면 될까요?"

"그건 바늘이 13밀리라서 제 손이 익숙하지 않아요."

니들(바늘)이 너무 작으면 피에 가려서 봉합할 때 보이지 않는 경우가 있어 선호하지 않는 바늘이었다.

"익숙하지 않다고요?"

의아할 수밖에.

그녀 뇌리엔 내가 아직 혈관 봉합에 익숙하지 않을 거라 생각했을 테니까.

"프롤렌 17밀리 주세요."

"네, 알겠어요."

치지직, 그녀가 바늘 포장을 뜯어 바늘에 실을 꿰 주었다.

"혈관 봉합 들어갑니다."

슥슥슥.

거침이 없었다.

터진 혈관 봉합은 시간 싸움! 손놀림은 최대한 빠르고 정확해야 했다.

한 땀, 한 땀 장인 정신으로 정성을 기울일 필요도 없었으며, 추후 흉터를 걱정할 필요는 더욱더 없었다.

최대한 신속하게 터진 부위를 꿰매야 했다.

"지금 윤찬 쌤 손 보여? 난 안 보이는데?"

박한 교수가 옆에서 어시스트를 서고 있는 황진희 간호사에게 물었다.

"그러게요. 이상종 교수님을 보고 있는 것 같아요. 이게 가능하긴 한 건가요?"

툭툭툭, 완료!

찢어진 혈관을 꿰매는 데 걸린 시간은 불과 2분.

이제 찢어지기 일보 직전의 혈관을 인조혈관으로 대체해 주면 응급수술은 성공이다.

"윤찬 쌤! 바이탈 왔다 갔다 하는데?"

"심합니까?"

"그 정도는 아닌데, 빨리해야 할 것 같아. 얼마나 걸릴까?"

"30분이면 될 것 같습니다."

"30분? 그게 가능한 숫자야? 무리할 것 없어. 내가 1시간은 충분히 잡아 둘 수 있어."

"아닙니다. 심장 너무 오래 멈추는 건 위험합니다. 30분만 잡아 주세요."

"아, 알았네."

박한 교수가 어이없다는 듯이 고개를 가로저었다.

서걱서걱.

드디어 찢어진 대동맥이 집게에 끌려 나왔다.

희멀건한 조직 덩어리. 흐물흐물한 것이 아이들 가지고 노는 젤리형 고무 같았다.

툭, 대동맥 파편을 꺼내 의료용 샬레에 올려놓았다.

"대동맥 적출 완료했습니다."

이제 적출된 대동맥을 대신할 인조혈관만 연결하면 수술은 마무리 지을 수 있었다.

직경 3센티 정도, 세탁기 호스처럼 잔주름이 잡힌 인조혈관.

이것만 삽입해 봉합하면 모든 것이 끝나는 상황이었다.

어렵지 않다.

프롤린을 이용해 일정한 간격으로 기존 혈관과 인조혈관을 연결하면 된다.

이제 어려울 것 없다.

꿰매고 포셉으로 집고 잡아당기고!

"이나 쌤, 컷!"

"네."

그리고 또 집고, 잡아당기고, 엮어서 또 컷.

컷! 컷! 컷!

바늘의 방향이 혈관 안쪽에서 바깥쪽으로, 반대편은 그 반대로.

모든 관절을 이용해 빠르게.

그리고 부드럽게.

그렇게 10여 차례 반복되는 작업.

End to end graft to aorta anastomosis!

드디어 인조혈관 삽입술을 끝마쳤다!

"다 끝났습니다! 30분 안에 끝냈나요?"

"하하하, 정확히 28분 53초 걸렸네? 대단해. 설마설마했는데, 이걸 해내네?"

헛헛, 박한 교수가 어이없다는 듯이 헛웃음을 지었다.

"수고했어요. 믿을 수가 없어요, 윤찬 쌤!"

황진희 간호사도 박한 교수와 같은 반응이었다.

"이나 쌤, 고생했어요."

자신이 한 실수 때문인지, 윤이나의 얼굴은 밝지 않았다.

"고마워요, 윤찬 쌤."

"고맙긴요! 덕분에 수술 잘 끝났어요."

"이제 스킨 수처만 하면 되겠군요."

"그건 제가 할게요. 힘들 텐데, 나가서 좀 쉬세요."

"괜찮겠어요?"

"네네, 저도 밥값은 해야죠."

어느 정도 안정을 되찾았는지 윤이나가 눈을 깜박였다.

"그래, 윤찬 쌤! 나가서 좀 쉬어! 난 자네 같은 사람은 세상에서 첨 봐. 치료를 받아야 할 사람이 수술을 한다는 게 말이 되나? 갱도에서 나온 지 얼마나 됐다고 수술을……."

박한 교수가 어이없다는 듯이 혀를 내둘렀다.

"원래 수술방 체질입니다."

"하여간, 본원 고함 교수나 상종 원장이나 자네는 같은 과야, 같은 과. 다들 괴물들이라고."

"흐흐흐, 그런가요?"

"그래, 마무리는 우리가 알아서 할 테니까, 쉬게."

박한 교수가 문 쪽을 가리키며 손을 내저었다.

"후우, 그럼 저 좀 쉴게요."

드르륵.

수술방 문마저도 자동문이 아닌 수동 미닫이문!

난 이런 열악한 환경 속에서도 기적같이 환자를 살려 냈다.

잠시 후.

쏴아아아.

수술방 밖으로 나와 샤워를 하니 온몸이 멍투성이다.

그때는 긴장해서 몰랐는데, 이곳저곳 다치지 않은 곳이 없었다.

띠리리리.

그렇게 샤워를 마치고 나오자 전화벨 소리가 울렸다.

본원 고함 교수의 전화였다.

-이런 미친놈아!

전화를 받자마자 욕부터 박고 보는 고함 교수였다.

"네?"

-야이, 무데뽀 같은 녀석아! 거기가 어디라고 기어들어 가? 죽으려고 환장했냐?

"죄송합니다. 걱정 많이 하셨죠?"

―걱정 같은 소리 하고 자빠졌네! 너 없으면 수술방 따까리는 누구더러 하라고 지랄을 떨어, 지랄이!

"에이, 교수님이셨어도 들어가셨을 거잖아요."

―나같이 죽을 날 얼마 안 남은 늙다리하고 너 같은 새파란 놈이 같냐? 우리 병원이 너 하나 전문의 만들려고 얼마를 쏟아부었는데?

하여간 끝까지 부드러운 위로 한마디 건네는 법이 없는 고함 교수였다.

"네네, 저 말짱하니까 걱정마세요."

―몸은 괜찮은 거냐?

"네, 멀쩡합니다. 조금 피곤한 거 빼고는요."

―하아, 하여간 이 새끼는 허구한 날 사건을 몰고 다니는구나. 너 가는 곳마다 다 왜 그러냐? 굿이라도 한판 벌여 주랴?

"하하하, 그러게 말입니다."

―아무튼, 수고했다, 이 축복받을 새꺄!

축복받을 새끼!

고함 교수가 해 줄 수 있는 최고의 찬사였다.

"네네, 많이 많이 받겠습니다."

―아, 그리고 멀쩡하다고 바로 서울로 기어올라 오지 말고, 며칠 더 쉬어. 원장님한테 허락받았다.

"진짜요? 바쁠 텐데?"

―야, 인마! 서울에도 네 소식 쫙 퍼졌어. 지금 본원에 기
자들이 쳐들어와서 난리도 아냐. 장태수 원장 입 찢어져서
지금 제정신 아니니까, 이럴 때 좀 쉬다 와.

"네, 알겠습니다."

―진짜 어디 다친 데 없는 거지?

"네에, 건강합니다."

―알았다, 끊어.

뚝, 고함 교수가 제멋대로 전화를 끊어 버렸다.

내 참!

김 할머니나 고함 교수나 하여간 똑같은 양반들이었다.

그리고 나흘 후.

전국을 떠들썩하게 만들었던 정선 탄광 붕괴 사건.

나와 한용기 대원의 헌신적인 노력의 결과, 사상자 한 명
없이 완벽하게 살아 나오는 기적을 일으켰다.

언론은 연일 대서특필하며 나와 한용기 대원을 영웅시
했지만, 언제나 그렇듯이 시간이 지나자 조금씩 시들해져
갔다.

그렇게 난, 시나브로 대중의 기억 속에서 사라져 가고 있
었다.

정선 인근 산후조리원.

"와, 이 녀석 웃는 것 좀 봐. 정말 예쁘다!"

며칠 쉬면서 몸과 마음을 추스른 내가 제일 먼저 찾은 곳은 한용기 대원의 아내가 있는 산후조리원이었다.

난 예쁜 아기에게 줄 장난감을 사 들고 그를 찾았다.

"그렇죠? 눈이 부리부리한 게, 선생님을 많이 닮았어요!"

"네? 그게 무슨 개연성 없는…….'"

"말도 안 되긴요? 제가 선생님 같은 사람 되어라! 선생님 같은 훌륭한 의사가 되어라! 이렇게 최면을 거니까, 우리 윤찬이가 정말 선생님을 닮더라고요. 보세요, 오똑한 코도 선생님을 빼다 박았잖아요?"

한용기가 아이의 코를 가리켰다.

"미치겠네. 설마, 아이 이름을 제 이름으로 지으신 겁니까? 에이, 그건 아니죠?"

"아니긴요. 어제 출생신고 하고 왔습니다. 자, 보세요."

한용기가 자랑스럽게 출생신고서를 내보였다.

"지, 진짜네?"

출생신고서에 쓰인 이름은 분명 한윤찬이었다.

"당연하죠. 우리 윤찬이도 나중에 선생님처럼 훌륭한 의사로 만들 겁니다. 저, 완전 선생님 팬이잖아요! 그나저나 선생님, 요즘 신문에도 많이 나오시고, 아주 국민 영웅이던데요?"

"그런 말 마세요. 한동안 뻔질나게 기자들이 찾아오더니, 이정아 스캔들 사건 터지니까 발길을 뚝 끊더라고요. 하여간, 우리나라 사람들 냄비 근성이란……."

그렇게 난 한참 동안 한용기 대원과 수다를 떨었다.

이렇게 인생에 또 한 명의 인연이 탄생하는 순간이었다.

그렇게 휴가 마지막 날이 왔고, 난 본원으로 복귀를 해야만 했다.

"이제 우리 다시 볼 수 있긴 할까요? 지난번 인턴 때도 그렇고, 이번에도……."

윤이나가 짐을 챙기고 있는 내 모습을 지켜보며 말했다.

"그러게 말이에요. 아무래도 제가 마가 끼었나 봅니다. 젠장, 이제 안 오는 게 좋겠어요."

"호호호, 맞아요. 윤찬 쌤만 오면 뭐가 터져도 터진다니깐요."

"네에, 맞아요. 고함 교수님이 푸닥거리라도 한번 해야 할 것 같다고 하시더라고요."

"아, 아니에요, 농담이에요! 그렇게 받아들이시면……."

"흐흐, 저도 농담입니다."

"헤헤, 그나저나 여기 관광도 못 하고 어떡해요? 아! 여기가 고향이라고 했죠?"

"네, 이곳에서 나고 자라서 가 볼 만한 곳은 다 가 봤어요."

"음, 저, 뭐 하나 물어봐도 돼요?"

"네, 뭐든요."

"4년 전 그때는 왜 이곳이 고향이란 말을 안 했어요?"

윤이나가 조심스럽게 입술을 뗐다.

"……음, 그때는 좀 창피했어요. 아니, 이곳 생활을 잊고 싶었다고 할까? 아무튼, 전 이곳이 너무 싫었거든요."

"그랬구나. 그럼 지금은 왜?"

"후후, 왜 마음이 바뀌었냐고요?"

"네네."

"글쎄요……. 그냥요, 그냥 마음이 바뀌었어요."

"에이, 그런 대답이 어딨어요?"

윤이나가 눈을 흘기며 말했다.

"음, 뭔가 설명하기 힘들지만, 굳이 하나 꼽자면 이상종 교수님과 선배님이 있어서라고 할게요."

"저와 삼촌이요?"

"네네, 제가 인턴 할 때, 두 분한테 배운 게 너무 많아요."

"뭘요? 궁금하네요."

"그냥…… 환자가 있기에 의사가 있는 것이다! 뭐, 이런 느낌이요?"

"전 잘 모르겠네요."

"아뇨. 이상종 교수님이 위험을 무릅쓰고 갱도 안으로 들어가셨던 것도, 이나 선배가 이곳을 꿋꿋이 지키고 있는 것도 다 환자가 있어서예요. 서울에 있는 사람들만 아픈 건 아니니까. 대도시 사람들만 환자는 아니니까."

"호호호, 무슨 말인지 이해는 잘 안 되지만 좋은 말이죠?"

"네네, 엄청 좋은 말입니다."

"……다시 올 건가요?"

윤이나의 목소리가 미세하게 떨리는 듯했다.

"네, 언젠가는 반드시 다시 오겠습니다."

"정말요? 약속할 수 있어요?"

"네, 물론이죠. 반드시 이곳으로 돌아오겠습니다."

"호호호, 좋아요. 그 거짓말 한번 믿어 보죠. 잘 가요, 윤찬 쌤!"

윤이나가 유난히 흰 손을 내밀어 악수를 청했다.

"네, 그동안 정선분원 자알 부탁합니다."

그렇게 난 5박 6일간의 스펙터클한 휴가를 마치고 본원으로 복귀했다.

내 앞에 서 있는 저 웅장한 연희병원.

그동안 아무리 두드려도 열리지 않는 난공불락의 요새라

생각했다.

하지만 이제는 다르다.

나를 끌어 줄 동아줄 같은 건 필요 없다.

난, 이제부터 당당하게 실력으로 승부 할 것이다.

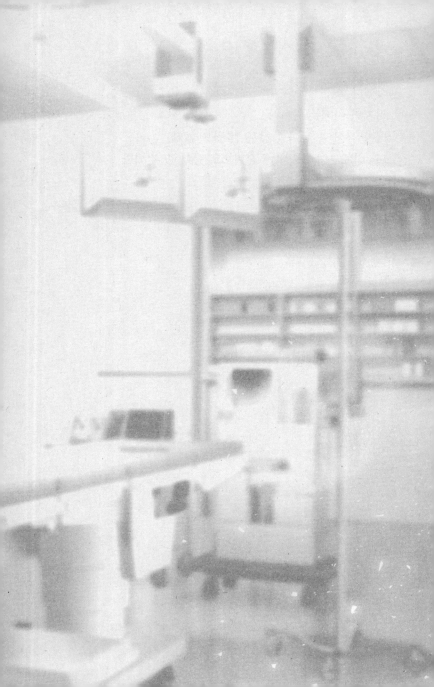

지니맨, 나기만 선생

두 달 후.

"아냐, 벌써 나왔네?"

이택진이 땅이 꺼져라 한숨을 내쉬었다. 공문서 하나를 손에 쥔 채로 말이다.

"뭔데?"

"공보의 시작하란다. 이렇게 빨리 나올 줄은 몰랐네?"

이택진이 통지서를 내려다보며 땅이 꺼져라 한숨을 내쉬었다.

"그래? 잘됐네. 군의관보다는 낫지 않나? 내가 알기론 전문의면 월급도 꽤 괜찮은 거 같던데?"

군의관의 경우 훈련 기간 2개월 포함 38개월로, 훈련 기간

1개월 포함 37개월인 공보의보다 한 달 더 많았다.

게다가 군의관의 경우는 활동에 제약이 있고 부상자들이 많아 손이 많이 가기 때문에, 의사들은 공중보건의를 선호하는 편이었다.

“아마 세전 한 3,500만 원 정도 될걸.”

“괜찮네! 레지던트 월급보다 훨씬 대우가 좋아. 택진아, 아예 거기 짱박는 건 어때?”

“악담을 해라, 새꺄! 그렇게 좋으면 너나 짱박아. 이걸 확 마!”

이택진이 손을 들어 올려 때리는 시늉을 했다.

“이왕 가기로 한 거, 기분 좋게 가라. 어차피 거쳐야 일이니까. 피할 수 없으면 즐기라는 말도 있잖아.”

“터진 조동아리라고 말은 졸라 잘하는구나.”

“좋게 좋게 생각해.”

“그래, 어치피 가야 할 거니까. 그래도 막상 통지서 받고 보니 깝깝하다, 깝깝해.”

이택진이 오만상을 찌푸리며 뒷머리를 긁적거렸다.

“어디로 가는지는 결정 난 거야?”

“그거야 나중에 정해지겠지. 다만, 섬마을이나 응급의료센터만 배치되지 않으면 해 볼 만하긴 해. 설마, 쌔고 쌘 곳 다 놔두고 그런 데로 가겠냐?”

“인마, 거기가 어때서? 이왕 국가를 위해 봉사하려면 제대로 해야지."

"김윤찬 선생님! 그만 아닥하세요. 그렇게 뺑이 치고 싶으면 넌 섬마을에 자원해. 그러면 되겠네, 김 바이처 선생님께서는!"

택진이가 입을 삐죽이며 이죽거렸다.

"어, 그러려고."

"하여간 넌, 언제나 밥맛이야. 그나저나 나 송별회 거하게 해 줄 거지?"

"군대 가는 것도 아닌데, 무슨 송별회야? 그냥 조용히 가라."

"……하여간 넌 졸라 재수 없어. 다 해 줄 거면서 꼭 말을 그렇게 해야 하냐?"

"하하하, 그래. 술 한잔 마시는 게 뭐 어렵겠냐. 술은 원 없이 먹여 줄 테니까 걱정 말고, 고함 교수님한테 인사부터 드려. 그래도 신경 써 주시는 분은 그분뿐이니까."

"그거야, 당연하지. 지난번에 나 가출했을 때도 신경 써 주신 분은 교수님뿐이더라. 나, 그때 졸라 감동 먹었잖아. 주먹 날아올 줄 알았는데, 설렁탕이 웬 말이냐, 진짜."

"그래, 고함 교수님한테 잘해라."

"걱정 마라. 그나저나 나 빠지면 한은정 쌤이랑 너랑 개빡실 텐데, 괜찮겠냐?"

"뭐, 하는 데까지 해 봐야지."

"아마, 레지던트 때보다 더 힘들지도 몰라."

"뭐, 알아서 충원하겠지."

"글쎄. 전국에 흉부외과 펠로우가 씨가 말라서 충원이 될까 모르겠다. 국립진료원은 펠로우는 고사하고 2년째 레지던트가 없대. 이게 말이냐 방구냐."

이택진이 미간을 잔뜩 찌푸렸다.

"……그래도 우리 병원이 대우가 좋잖아. 티오 나면 오려는 의사들이 좀 있는 걸로 알아. 알아서 채워 놓겠지."

"그야 그렇긴 하지. 전국에 연희만큼 대우해 주는 병원이 어디 흔하냐? 그나저나, 멀쩡한 인간이 왔으면 좋겠네. 한상훈처럼 사이코 같은 인간이 오면 골치 아픈데……."

"상관없어."

"그래, 아무튼 나 없는 동안, 우리 병원 잘 지키고 있어라."

"후후, 그래, 잘 다녀와."

그렇게 이택진은 공보의 생활을 시작하게 되었다.

그리고 얼마 후.

불길한 예감은 단 한 번도 틀린 적이 없다고 했던가?

이택진이 배속받은 곳은 땅끝마을에서도 배를 타고 2시간은 더 들어가야 하는 오지, 섬마을이었다.

아아아아악!

"내가 빠삐용이냐!! 왜 섬에다가 유배를 시켜 놓는 건데?? 대체 왜?"

"아이고, 이런 재수가! 택진아, 힘내라. 거기도 사람 사는 곳이야. 경치 좋고 공기 좋은 데 가서 호연지기를 기르는 것도 나쁘지 않아."

킥킥킥, 김귀남이 놀리는 건지, 안타까워하는 건지 알 수 없는 위로의 말을 건넸다.

"그러면 네가 가라고!"

"……어쩌지? 소아과 의사는 섬마을 안 보낸대. 거기 애들이 있어야지 말이야. 난, 가고 싶어도 못 가."

흐흐흐, 김귀남이 입가에 비릿한 미소를 흘렸다.

"나, 다시 돌아갈래!! 이건 무효야, 무효!"

이택진의 처절한 비명 소리에 온 병원이 떠내려가는 듯했다.

그렇게 떠버린 이택진이 유배(?)를 당한 후, 그 자리를 대신할 펠로우 하나가 우리 병원으로 왔다.

-한상훈처럼 사이코 같은 인간이 오면 골치 아픈데…….

그를 처음 본 순간, 이택진이 했던 악담(?)이 맞아 들어갈 수도 있겠다는 불길한 예감이 들었다.

고함 교수 연구실.

이택진을 대신해 연희병원에 발령받은 나기만 선생.

펠로우 1년 차로 일명 저니맨이었다.

처지는 나와 같았다.

아니, 어떻게 보면 나보다 훨씬 처절한 삶을 살아온 듯했다.

학부는 나와 같은 지방대 출신, 의대 평가 순위 최하위를 굳건히 지키고 있던 남운대 출신으로 의대 6수생이란다.

게다가 부속병원이 사라지는 바람에 인턴은 인근 부민대병원에서, 레지던트 생활은 충북 현국대병원에서, 이렇게 각기 다른 병원에서 근무했단다.

이미 결혼까지 했고 나이도 나보다 5살이나 많은 늦깎이 의사였다.

인턴 1년, 레지던트 4년, 타 병원을 전전하며 눈칫밥을 먹었다면, 산전수전, 공중전까지 다 겪었을 터.

하지만 그의 표정에선 고단한 삶의 흔적은 찾아볼 수 없었다.

제법 덩치가 있는 수더분한 외모에 웃는 인상이 선해 보이는 남자였다.

다만, 이런 경력을 가지고 있는 사람이 깐깐하기로 유명한 연희병원에 입사(?)할 수 있었던 이유는 알 수 없지만 말이다.

아무튼, CS(흉부외과)에 새로운 식구가 들어왔다.

"나 선생, 고생 엄청 많이 했겠네?"

나기만의 프로필을 살펴보던 고함 교수가 미간을 좁혔다.

"네, 이곳저곳 경치 좋은 곳만 골라 다녔습니다."

나기만이 특유의 사람 좋은 미소를 지었다.

"아이고야, 의대를 6년 만에 입학했네? 의지의 한국인이구먼."

"네, 집안 사정이 여의치 않아 의대 들어갈 형편이 되질 못했습니다. 막도농도 해 보고, 나이트클럽 웨이터도 해 보고 안 해 본 일이 없죠. 학비 마련하느라 입학이 좀 늦었습니다."

나기만은 전혀 거리낌이 없는 말투였다.

"아…… 내가 실수를 했다면 미안하네."

"아닙니다! 사실 공부를 썩 잘하지도 못했습니다. 대학도 간신히 합격했으니까요. 많은 지도 편달 부탁드립니다."

나기만이 넉살 좋은 미소를 입가에 머금었다.

"하하하, 그렇게 말해 주니 고맙군. 아주 솔직한 게 마음에 들어."

"열심히 해 보겠습니다."

"그나저나, 결혼도 했네? 아이는?"

"네, 3살짜리 딸이 있습니다."

"아이고야, 가장이구먼."

"네네, 그래서 더 책임이 무겁습니다."

"그래요! 우리 열심히 한번 해 봅시다."

"네네, 교수님! 최선을 다해 보필하도록 하겠습니다."

"그나저나, 한상훈 교수가 지도교수라고?"

"네!"

"그래요. 한상훈 교수라면 배울 게 많은 사람이야. 특히, 폐 분야에서는 우리나라에서 다섯 손가락 안에 드는 써전이니까."

"네, 저도 명성은 들어서 알고 있습니다."

"그래, 많이 배우도록 해."

"네, 교수님!"

똑똑똑.

"교수님, 접니다."

"어, 윤찬 선생 들어와."

"네."

"마침 잘 왔군! 인사해, 이번에 우리랑 같이 일하게 될, 나기만 선생! 나 선생도 인사하지, 우리 과 펠로우 1년 차 김윤찬 선생이야."

고함 교수가 나를 나기만에게 소개했다.

"잘 부탁합니다!"

나기만이 90도 각도로 허리를 굽혀 인사했다.

"저야말로 잘 부탁합니다."

이건 뭐야? 이렇게까지 할 필요는 없을 것 같은데?

나 역시 허리를 굽혀 인사할 수밖에. 여튼 뭔가 어색한 장면이 연출되는 순간이었다.

"하하하, 이건 뭐 상견례에서 만난 사돈지간 같군. 아무튼! 두 사람한테 거는 기대가 큽니다. 우리 열심히 해 봅시다."

"네."

"네, 교수님!"

잠시 후.

"김윤찬 선생님, 시간 괜찮으시면 저랑 차 한잔 하시겠습니까?"

연구실에서 나오자마자 나기만이 티타임을 제안했다.

"네, 1시간 정도는 시간이 있습니다."

"그래요? 다행이네요. 갑시다."

"네."

난, 나기만과 함께 지하 커피숍에 들렀다.

"김윤찬 선생님, 앞으로 잘 부탁합니다."

여전히 나기만은 최대한 보일 수 있는 예의는 다 보였다.

커피 받침까지 손수 내어 주면서 말이다.

"저도 잘 부탁드려요."

"김윤찬 선생님 명성은 익히 들어서 잘 알고 있습니다."

"어휴, 자꾸 그러시면 부끄럽습니다. 제가 무슨."

"아닙니다. 명진대 출신으로 이렇게 연희에서 자리 잡기가 쉽습니까? 정말 존경스럽습니다."

"……제가 선생님께 명진대 출신이라는 말을 했던가요?"

"아…… 아뇨, 그런 적 없습니다."

나기만이 표정 하나 변하지 않고 말을 받았다.

"그러면 어떻게 아셨습니까?"

"이쪽 바닥에서 김윤찬 선생님 모르면 간첩이죠. 기사에서 읽었던 것 같군요."

아니, 그 어떤 신문 기사에도 내 출신 대학을 언급한 적은 없었다.

이 사람이 어떤 경로를 통해 연희에 입성했는지는 자세히 모르겠으나, 확실한 건 나에 대해 관심이 많다는 것이었다.

"그렇군요! 아마 서아일보 인터뷰 기사를 보신 것 같네요. 그런가요?"

"아니요, 서아일보는 아니고……. 이제 보니 기사가 아니라 인터넷 의대 동아리 게시판에서 본 것 같은데, 잘 기억은 나지 않는군요."

보통은 넘는 사람이다.

나기만이란 사람.

슬쩍 떠봤는데도 넘어오질 않았다.

적어도 이 사람은 서아일보 기사에서 내 학력이 언급된 적이 없다는 걸 알고 있었다.

게다가 '어떤 동아리 게시판인가요?'라는 질문조차 원천봉쇄하지 않았는가?

"아, 그랬던가? 인터뷰를 했던 저도 헷갈리네요?"

"후후후, 그럴 수도 있죠."

후릅, 나기만이 여전히 여유로운 태도로 커피를 홀짝거렸다.

"그나저나 저보다 연배가 위신데, 말씀 놓으십시오."

"아뇨, 초면에 그럴 수 있나요? 어찌 됐건 선배님이신데요."

"괜찮습니다. 연차도 같고 나이도 있으신데, 이렇게 존대하시면 제가 불편합니다."

"동병상련의 정입니까?"

"아, 아니요. 거기까지 생각해 보진 않았습니다."

"정말 말을 놔도 되겠습니까?"

"물론입니다. 편하게 하세요."

"그래요, 정 원하면 그렇게 하도록 하죠. 그러면 지금부터 말 놓겠습니다."

커피 잔에 일렁이는 나기만의 눈빛이 제법 매섭다.

"네네, 저도 그렇게 하는 게 편할 것 같습니다."

"좋아! 앞으로 잘해 보자고, 김윤찬 선생!"

손을 쭉 뻗어 악수를 청하는 모습이 왠지 선전포고를 하는 것처럼 느껴지는 건 과한 걱정일까?

　　"네, 잘 부탁합니다."

　　"김윤찬 선생, 커피 잘 마셨어. 술 좀 하나?"

　　"네, 남들만큼은 마십니다."

　　"그래, 이번엔 김윤찬 선생이 샀으니까, 나중에 내가 술 한잔 사지."

　　찻값을 내가 낸다고 했던 적이 있었던가? 차를 마시자고 했던 사람은 나기만 당신이었던 것 같은데?

　　"네, 언제든지 환영입니다."

　　"후후후, 화끈해서 좋구먼. 그나저나 어쩌지? 나, 한상훈 교수님 뵈러 가야 해서 먼저 일어나야 하는데?"

　　조금 전과는 완전히 다른 말투다.

　　극존칭을 쓰던 때와는 확실히 다른 말투였다.

　　"네, 편한 대로 하십시오."

　　"그래, 나 먼저 일어날게."

　　드르륵, 나기만이 자리에서 일어났다.

　　불길한 느낌을 지울 수 없는 건, 나만의 느낌일까?

나이롱환자

한상훈 교수 연구실.

자신의 말대로 김윤찬과 커피를 마신 나기만은 한상훈 교수를 찾았다.

똑똑똑.

"교수님, 저 나기만입니다."

"들어와."

나기만이 문을 열자 한상훈이 반갑게 그를 맞았다.

"어서 와."

"네, 교수님."

나기만이 머리가 무릎에 닿도록 정중히 인사를 했다.

"어떤가, 연희병원에 입성한 소감이?"

"교수님 덕분입니다. 이 은혜는 죽어서도 잊지 않겠습니다. 교수님 아니었으면 지방 병원에서 썩을 팔자였습니다."

"은혜는 무슨? 워낙 자네가 능력이 있으니까 내가 데리고 온 것이 아닌가?"

둘 사이 나이 차는 없다.

즉, 동갑이라는 소리.

하지만 지금의 두 사람의 말투를 보면 동갑내기끼리의 대화가 전혀 아니었다.

상하 관계가 명확한, 아니 주종의 관계가 가장 적당한 표현이리라.

"과찬이십니다. 앞으로 성심성의껏 교수님을 보필하겠습니다."

"하하하, 지금이 조선 시대인가? 자네 말투가 왜 그래? 게다가 난 이미 끈 떨어진 연이나 마찬가지야. 딱히 자네가 도울 게 없어."

한상훈이 양손을 펼치며 어깨를 들썩였다.

"교수님, 끈 떨어진 연이 뭐 어떻습니까?"

그제서야 나기만이 고개를 들고 정면으로 한상훈을 응시했다.

"뭐라고? 그게 무슨 소리야?"

"끈이 떨어졌으니 자유롭지 않겠습니까? 더 높은 곳으로 올라가실 수 있을 겁니다. 바람만 잘 타면 말이죠."

나기만이 입가에 알 수 없는 미소를 띠었다.

"후후후, 꿈보다 해몽이군. 아무튼, 자네가 그렇게 말을 해 주니, 힘이 좀 나는군."

"네! 기대하셔도 좋을 겁니다. 제가 그동안 교수님이 겪으신 뼈아픈 수모, 차근차근 되갚아 드리겠습니다."

"……되갚는다? 누구한테?"

"지금 이 순간, 교수님의 머릿속에 떠오르는 사람이면 누구든지요."

"후후후, 지금 떠오르는 사람이라……. 카페 발렌틴 정 마담이 떠오르는데?"

"아…… 네."

"하하하, 그러고 보니, 발렌틴 안 가 본 지도 꽤 됐군! 이따가 근무 마치면 한잔하러 갈 텐가?"

"네, 그렇게 하겠습니다."

"좋아, 연희 입성을 환영하는 차원에서 조촐하게 축하 파티라도 하자고."

"네, 교수님!"

♥

며칠 후, 응급실.

"택진이는 섬으로 발령받았다면서?"

이택진의 공보의 소식을 접한 모양이었다.

"그렇다고 하더라."

"하여간, 그 인간은 뒤로 엎어져도 코가 깨질 위인이야. 그 널널한 데를 다 놔두고 섬으로 유배가 뭐냐?"

흐흐흐, 최상엽이 어이없다는 듯이 고개를 내저었다.

"뭐, 공기 좋고, 물 좋은 데서 힐링하고 오면 되지."

"웃기지 마. 거기 노래방이 있냐, 호프집이 있냐? 노는 거라면 환장하는 놈이 거기서 뭘 하겠냐? 고기를 잡을까, 미역을 딸까? 아주 심심해 죽을 거다, 그 녀석!"

"뭐, 할 수 없지. 그나저나 오늘 응급실이 조용하네?"

"그렇지? 더도 말고 덜도 말고 오늘 같기만 해라."

하아암, 응급의학과 펠로우 1년 차이자 김윤찬의 동기인 최상엽이 양팔을 벌려 늘어지게 기지개를 켰다.

"글쎄? 오늘 불금 아냐? 아마, 조금 있으면 응급 환자들이 쏟아져 들어올걸."

"뗵! 나 조금 있으면 퇴근이야. 괜한 부정 탈 소리 하지 마라."

"퇴근 후에 좋은 계획이라도 있어?"

"암! 오늘 백만 년 만에 데이트하는 날이시다."

'미용실에 좀 들러야 하나?'

흥얼흥얼, 최상엽이 떡 진 머리를 손질하며 콧노래를 불렀다.

평소와는 다르게 더할 나위 없이 한가한 연희병원 응급실.

하지만 그 한가함도 잠시, 최상엽의 바람은 산산조각이 나고 말았다.

"여기요! 이 사람 좀 봐 주세요!"

아니나 다를까, 최상엽의 말이 떨어지기 무섭게 응급 환자 하나가 응급실로 실려 왔다.

"어쩐지! 내 팔자에 영화는 개 풀 뜯어 먹는 영화냐! 앓느니 죽지!"

"얼른 가 봐라."

최상엽이 투덜거리며 자리에서 일어나 환자에게로 달려갔다.

"어떻게 된 일입니까?"

남자의 등에 업혀 온 환자는 얼추 70대로 보이는 노인이었다.

"갑자기 이분이 게거품을 물고 쓰러졌어요."

"네. 일단, 이쪽에 눕히세요."

그러자 남자가 노인을 베드 위에 올려놓았다.

그에 말대로 게거품을 입에 문 채, 쓰러진 노인.

얼핏 봐서는 흔히 간질이라고 불리는 에필렙시(뇌전증)가 의심되었다.

"환자 상태가 어땠습니까?"

최상엽이 거즈로 환자가 물고 있던 거품을 걷어 내며 물었다.

보통 뇌전증 환자의 경우, 의사가 있는 경우에 발작이 일어나는 경우는 거의 없다.

따라서 뇌파검사를 하든, CT를 찍든 증세가 나오지 않을 가능성이 농후했다.

그래서 발작을 목격한 사람의 증언이 무엇보다 중요했다.

"갑자기 저분의 손발이 오그라들더니, 거품을 무시고 쓰러졌습니다."

남자 대신, 한 여자가 답했다.

"환자와는 어떤 관계십니까?"

"전 검사고 저분은 피의자입니다. 취조하는 도중에 쓰러지셨고요. 그래서 가장 가까운 이곳으로 데리고 왔습니다. 전, 서울 서부지검, 박영선 검사입니다."

여자가 최상엽에게 명함을 내밀었다.

"아…… 그렇군요."

"환자 상태는 어떻습니까?"

박영선 검사가 물었다.

"글쎄요. 몇 가지 검사를 해 봐야 할 것 같긴 한데, 에필렙시인 것 같긴 합니다만."

"에필렙시? 그게 뭡니까?"

"아, 네. 일반적으로 간질이라고 부르죠. 정확한 표현은 뇌전증이라고 합니다."

"네. 괜찮은 겁니까?"

"뭐, 외관상으로 봐선 딱히 문제가 없어 보이기는 한데, 혹시 모르니까 검사를 좀 해 보죠."

"네, 알겠습니다."

"혈액검사랑 뇌파검사 좀 해 보겠습니다."

"네."

"그나저나, 저분은 무슨……?"

최상엽이 궁금한 듯 물었다.

"사기 범죄 피의자입니다."

"아…… 네! 일단 치료를 해야 할 것 같으니까, 밖에 나가 계시죠."

"아, 네."

최상엽의 말에 남자와 박영선 검사가 밖으로 나갔다.

"박종훈 선생! 이분 뇌파검사 좀 해 봐야 할 것 같으니까, 검사실로 옮기자고!"

"네, 알겠습니다!"

바로 그때였다.

"이게 뭐지?"

무언가 바닥에 떨어져 있었고, 난 그걸 주워 들었다.

흰색 바탕에 군데군데 파랑, 빨간색이 박혀 있는 진득진득

한 것. 동그랗게 뭉쳐져 경단같이 생긴 무른 물질이었다.

크기는 청심환 정도?

아무튼, 세제를 뭉쳐 놓은 것만은 틀림없었다.

아하, '세제폭탄'!

회귀 전에 책에서 읽었던 기억이 났다.

이 물건의 정체는 세제를 뭉쳐 환처럼 만들어 놓은 이른바 세제폭탄.

사기꾼들이 최후의 순간에 써먹는 최종 병기였다.

입 안에 넣고 몇 번만 굴려 대면 세제와 침이 화학작용을 일으켜 제법 거품을 일으킨다.

보통 그렇게 거품을 물고 쓰러지면 초임 검사들은 십중팔구 당황하기 마련이었다.

저 노인이 이걸 입에 넣었구나!

난 직감적으로 느낄 수 있었다.

"어르신, 이만하면 많이 애쓰셨으니, 이제 그만하죠?"

난 노인에게 다가가 몸을 흔들었다.

"……."

꿈쩍도 하지 않는 노인. 하지만 살짝 눈을 떠, 날 쳐다보는 그를 놓치지 않았다.

"김윤찬 선생, 지금 뭐 하는 거야?"

깜짝 놀란 최상엽이 내 팔을 잡아당겼다.

"최 선생, 이 사람 뇌전증 아니야."

"뭐라고? 그걸 어떻게 알아?"

"아까 그 거즈 좀 줘 봐."

"이거?"

최상엽이 거품을 닦아 낸 거즈를 건네주었다.

킁킁.

냄새를 맡아 보니 역시나 세제 특유의 향이 났다.

"거기 물 좀!"

"물은 왜?"

"빨리!"

"아, 알았어."

슥슥슥, 거즈에 생수를 부어 문지르니 거품이 몽글몽글 일
어났다.

"자, 봐. 이거 세제야."

킁킁.

"어라, 진짜네?"

냄새를 맡아 본 최상엽이 깜짝 놀랐다.

"세제 맞지?"

"그러네? 그럼 이분이 세제를 먹었다는 거야?"

"그런 것 같은데?"

"왜?"

"그야, 뭐 저 할아버지가 알겠지. 어르신, 보아하니 백수
를 누리시고도 남으실 분 같은데, 이 정도로 안 돌아가십니

다. 그만 일어나시죠."

"으으으."

그제서 신음 소리를 내뱉는 노인. 귀를 쫑긋 세우고 우리 말을 들었던 모양이었다.

"어르신, 일어나세요. 자꾸 이러시면, 페니토인나나 카바마제핀 투여합니다? 뇌전증 약인데, 괜히 멀쩡한 사람이 먹게 되면 부작용이 심할 수도 있어요."

"아아~. 머리가 아파~. 속도 울렁거리고."

내 말에 노인이 몸을 배배 꼬며 반응하기 시작했다.

"이제 그만 일어나시는 게 좋을 것 같은데요? 최 선생, 아까 그 검사님 오시라고 해."

"아, 알았어."

최상엽이 진료실 밖으로 빠져나갔다.

"야! 너, 어떻게 알았냐?"

최상엽이 나가자 언제 그랬냐는 듯이 노인이 벌떡 자리에서 일어났다.

"네, 이거요. 이거 어르신 거죠?"

"아놔, 그걸 왜 네가 가지고 있는 거야?"

노인이 주머니를 뒤적거리더니 어이없다는 듯이 물었다.

"어르신이 떨어뜨렸으니까요."

"그게 아니고, 그게 뭐에 쓰는 건지 어떻게 알았냐고?"

퉤퉤, 노인이 침을 뱉어 아직 입 속에 남아 있는 세제 가루를 뱉어 냈다.

"그게 중요한 게 아니잖습니까? 곧 검사님이 오실 텐데, 미리 자백하시는 게 좋지 않을까요?"

"하아, 미치겠네. 이보쇼, 젊은 의사 선생, 이번 한 번만 눈감아 주면 안 돼? 내가 한 번만 봐주면 이 은혜는 톡톡히 갚으리다. 응? 말해 봐, 얼마면 될까? 큰 거 한 장? 어?"

노인이 저자세로 바뀌 읍소하기 시작했다.

"그냥 포기하시죠."

"……김만식 씨, 이거 공무집행방해죄란 거 아시죠?"

그 순간, 박영선 검사가 진료실 안으로 뛰어 들어왔다. 최상엽이 자초지종을 설명했던 모양이었다.

"시벌, 재수 옴 붙었네."

노인의 입장에서도 이젠 포기할 수밖에 없는 상황이었다.

"이제 그만 가시죠."

박영선 검사가 허리에 양손을 올리며 고개를 내저었다.

"이봐, 박영선 검사! 나 이제 곧 있으면 병풍 뒤에서 향냄새 맡을 사람이야. 언제 송장 치를지 모르는 날 집어 처넣어서 무슨 상덕을 보겠다고 이러나?"

노인이 베드에 걸터앉아 입술을 잘근거렸다.

"쓸데없는 소리 마시고, 지검으로 돌아갑시다. 자꾸 이러시면 형량만 늘어날 뿐입니다."

"알았다고, 알았어! 배고파 죽겠으니까 설렁탕이나 한 그릇 시켜 줘. 그거나 한 그릇 때우고 가게."

"가시면 시켜 드리겠습니다. 가시죠!"

"인정머리 없는 검사 양반아! 설렁탕 한 그릇 시켜 주는 게 그렇게 대수여? 나, 당뇨 있어서 굶으면 큰일 나! 당뇨 혼수 오면 당신이 책임질 거야?"

노인이 팔을 걷어붙이더니 주삿바늘 자국을 내밀었다.

인슐린 주사 자국이었다.

"아, 알겠습니다. 설렁탕이요?"

"그래! 고기 좀 듬뿍듬뿍 넣어서 뜨끈하게!"

하여간, 철면피도 저런 철면피가 없었다.

"장 수사관님, 빨리 설렁탕 하나만 시켜…… 아니에요. 그럼 시간 걸리니까 밖에 나가서 한 그릇만 사다 주시죠."

"네, 알겠습니다, 검사님!"

잠시 후, 그렇게 장 수사관이란 사람이 설렁탕을 사 가지고 왔다.

"아이고, 시원하다! 뭐라고 이게 이렇게 맛나는 감? 이거 어디서 사 온 거야? 여기 맛집이네?"

후루룩, 응급실 밖으로 나온 노인이 쩝쩝대며 설렁탕을 게 눈 감추듯 먹었다.

"김만식 씨, 빨리 좀 드시죠!"

톡톡톡, 이를 지켜보던 박영선 검사가 답답하다는 듯이 손목시계를 건드렸다.

"떽, 아무리 당신이 검사라지만, 밥 먹을 때는 개도 안 건드린다는 말도 몰라? 기다려! 이러다 체하면 당신이 책임…… 아아악!"

그렇게 박영선 검사가 노인을 재촉할 즈음, 김만식 노인이 가슴을 부여잡고 쓰러졌다.

다음 권으로 이어집니다

꿈의 도약, 로크에서 하십시오
(주)로크미디어에서 신인 작가를 모십니다

즐거운 세상, 로크미디어는 꿈을 사랑하고 도전을 두려워하지 않는 작가 분들의 참신한 작품을 기다리고 있습니다. 21세기 장르 문학계를 이끌어 갈 차세대 선두 주자 (주)로크미디어에서 여러분의 나래를 활짝 펴 보시길 바랍니다.

모집 분야 판타지와 무협을 포함한 장르 문학
모집 대상 아마추어 작가, 인터넷 작가
모집 기한 수시 모집
작품 접수 시 유의 사항
1. 파일명은 작가명_작품명.hwp형식을 갖춰 주십시오.
1. 파일에 들어갈 내용은 다음과 같습니다.
   - 성명(필명인 경우 실명을 밝혀 주세요), 연락처, 이메일 주소
   - 제목, 기획 의도
   - A4용지 1장 분량의 등장인물 소개
   - A4용지 2장 분량의 전체 줄거리
   - 본문
1. 작품이 인터넷에 연재되고 있다면, 게시판명과 사이트의 구체적이고 정확한 주소를 기재해 주십시오.

선택된 작품은 정식 계약 후 출판물로 간행되어 전국 서점에 유통됩니다.
작가 분은 (주)로크미디어의 전폭적인 지원하에 전속 작가로 활동하시게 됩니다.
※ 자세한 내용은 로크미디어 홈페이지(rokmedia.com)를 참조하세요.

(03920)서울시 마포구 성암로 330 DMC첨단산업센터 3층 318호
(주)로크미디어 편집부 신간 기획 담당자 앞
전화 : 02) 3273-5135
www.rokmedia.com   이메일 : rokmedia@empas.com

만렙닥터

13월생 현대 판타지 장편소설

리턴즈

**인생 2회 차 경력직 신입
칼솜씨도, 인성도 '만렙'인 의사가 돌아왔다!**

만성 인력난에 시달리는 흉부외과에 들어온 인턴
메스도 잡아 본 적 없는 주제에
죽을 생명을 여럿 살려 내기 시작한다?

"이 새끼, 꼴통 맞네."
"죄송합니다."
"잘했어!"
"네?"

출세만을 좇으며 살았던 전생
이렇게 된 이상 인생도 재수술 한번 가자!

**무데뽀(?) 정신으로 무장한 회귀 의사
이제부터 모든 상황은 내가 집도한다!**

南魔窘帝 남궁마제

문운도 신무협 장편소설

회귀한 뇌왕, 가족을 지키기 위해
정파의 중심에서 제대로 흑화하다!

세상을 뒤집으려는 귀천성에 맞서 싸우다
가족을 모두 잃고 제물로 바쳐진 뇌왕 남궁진화
마지막 순간 원수의 뒤통수를 치고 죽으려 했으나
제물을 바치는 진법이 뒤틀리며 과거로 회귀하다!?

남궁세가의 양자가 된 어린 시절로 돌아온 후
귀천성이 노리는 자신의 체질을 연구하다 기연을 얻고
회귀 전과 다른 엄청난 미모와 함께
뇌전의 비밀마저 알아내 경지를 뛰어넘는데……

가족들에게는 꽃처럼 사랑스러운 막내지만
적이라면 일단 패고 보는 패악질의 끝판왕!
귀천성 때려잡기에 나서다!